国家古籍整理出版专项经费资助项目

章培恒 安平秋 马樟根 主编
冯浩菲 徐传武 导读
刘仁清 审阅

李贺集

中华文史名著精选精译精注
·全民阅读版

凤凰出版社

图书在版编目（CIP）数据

李贺集 / 冯浩菲，徐传武导读. -- 南京 ：凤凰出版社，2020.8
（中华文史名著精选精译精注 ：全民阅读版 / 章培恒，安平秋，马樟根主编）
ISBN 978-7-5506-3164-9

Ⅰ. ①李… Ⅱ. ①冯… ②徐… Ⅲ. ①唐诗—诗集 Ⅳ. ①I222.742

中国版本图书馆CIP数据核字(2020)第063043号

书　　　名	李贺集
导　　　读	冯浩菲　徐传武
责任编辑	徐珊珊
书籍设计	徐　慧
出版发行	凤凰出版社(原江苏古籍出版社) 发行部电话025-83223462
出版社地址	南京市中央路165号,邮编:210009
出版社网址	http://www.fhcbs.com
照　　　排	凤凰零距离数字印前中心
印　　　刷	苏州市越洋印刷有限公司 苏州市吴中区南官渡路20号　邮编:215104
开　　　本	880毫米×1230毫米　1/32
印　　　张	7.75
字　　　数	160千字
版　　　次	2020年8月第1版　2020年8月第1次印刷
标准书号	ISBN 978-7-5506-3164-9
定　　　价	39.00元 (本书凡印装错误可向承印厂调换,电话:0512-68180638)

目录

导读

一

李贺，字长吉，祖籍陇西，唐德宗贞元六年（790）出生于河南府福昌县昌谷（今河南宜阳县境内），死于唐宪宗元和十一年（816），仅仅活了二十七岁，是我国文学史上一位富有才华而不幸早逝的著名青年诗人。

据考证，他是唐宗室大郑王李亮的后裔，因此在诗中常自称“王孙”“皇孙”“宗孙”，但后来家境败落。父亲李晋肃曾做过边塞上的小官，后任陕县令，去世较早。家务由母亲郑氏维持。李贺的幼年时代在家乡昌谷度过。昌谷西往秦晋，南连吴楚，位于交通要冲，林茂竹深，鸟鸣鱼跃。优美的自然环境，涵养了诗人的性情，为他诗歌创作天才的发展提供了有利条件。

李贺自幼聪慧，写作勤奋。《新唐书》载，他七岁就能作诗。少年时经常骑着瘦马四处游览，一个小书童背着古旧的破锦囊相随。在途中得到好诗句，他就随手写下，投到囊中。晚上回家，母亲见囊中取出许多诗笺，总是生气地说："这孩子定要呕出心来才会罢休！"他才名早播，十五岁时，所作乐府数十篇即被乐工配曲弹唱，与当时的著名诗人李益齐名，被称为"乐府二李"。相传素负盛名的韩愈和皇甫湜最初对李贺的诗才还有怀疑，曾同时登门访问，要求李贺当面写诗。李贺挥笔立成一首，题为《高轩过》，两人大惊，遂称赞不已。

由于勤读苦吟，加以自幼体弱多病，李贺不到十八岁便已经头发斑白。"日夕著书罢，惊霜落素丝"（《咏怀二首》其二）；"终军未乘传，颜子鬓先老"（《春归昌谷》）。乃至经常不离药物："虫响灯光薄，宵寒药气浓。"（《昌谷读书示巴童》）他如此刻苦，是因为有着远大的志向。"他时须揽阵，牵去借将军"（《马诗二十三首》其十二）；"一朝沟陇出，看取拂云飞"（《马诗二十三首》其十五）；"我有迷魂招不得，雄鸡一声天下白。少年心事当拿云，谁念幽寒坐呜呃"（《致酒行》）。这些诗句表明，他很早就立下了为国效劳的宏图大志。

元和二年十二月，韩愈调洛阳，分司东都国子监。李贺前去谒见，送上自己的诗作，首篇为《雁门太守行》，开头两句"黑云压城城欲摧，甲光向月金鳞开"，发唱惊人，语气悲壮，韩愈为之心折，热情地接待了他。韩愈乐于奖掖后进，在高级士人之间对李贺多有称誉。韩门弟子陈商、李汉、张彻、王参元、杨敬之等人，都非常敬佩李贺，常与他交游。这对李贺后来的创作产生了一定的影响。

唐代科举制度是人们入仕的主要途径，考进士是当时读书人孜孜以求的目标。元和五年，李贺到京都长安应试。一些忌才争名的人，散布流言，制造借口，认为李贺父名“晋肃”，“晋”字与“进士”的“进”同音，触犯家讳，不能应试。韩愈为他抱不平，专门写了《讳辩》一文，主张“不讳嫌名”，李贺有权应考。但无济于事，李贺终于愤愤离开试院。对像他这样的破落贵族出身的人来说，显名科场，是实现“拿云”壮志的唯一出路。多年来的梦想一旦破灭，他所遭受到的打击是可想而知的。

第二年春天，他再次入京，在太常寺做了个从九品小官奉礼郎，掌管君臣位次的排列和巡礼赞导的杂务，一派“臣妾气态间，唯欲承箕帚”（《赠陈商》）的沉沦相。但为了“索米王门”，养家糊口，却不得不忍辱含恨，“风雪直斋坛”。元和八年春，他因病告假回昌谷。到家一看，妻子病逝，姐姐出嫁，弟弟也正准备出外谋生，家中生活全靠老母操持。自己官俸太薄，不足以养家。“少健无所就，入门愧家老”（《春归昌谷》）正是他当时心境的真实写照。半年之后，他又到了洛阳。先是一番思想斗争：“始欲南去楚，又将西适秦。”（《自昌谷到洛后门》）继而“欲雕小说干天官，宗孙不调为谁怜”？（《仁和里杂叙皇甫湜》）抱着迁调的希望，终于又回到了长安。元和九年初，奉礼郎三年任期已满，并无迁调的迹象，他于是决然辞职，返回昌谷。三年的奉礼郎经历，没有使李贺在政治上如愿以偿，但扩大了眼界，增长了阅历，积累了知识，使他的诗歌创作从思想内容到艺术特色都趋于成熟。这一时期，诗人的诗歌才华倾动都下，受到广泛的称誉。但是煊赫的诗名并没能帮助诗人在仕途上有所升迁，于是，他只得怀着悲怆的心情离开了长安。

李贺辞去奉礼郎，回到昌谷小住，当年秋天又到了潞州（今山西长治）。他的好友张彻在昭义军节度使郗士美属下的潞州幕府做幕僚。李贺客游潞州，协助张彻办理公文，原想在那里寻找机会，施展抱负。但腐朽的唐王朝已不可救药，忠心耿耿的昭义军受到朝廷冷遇，后来张彻也抽身回了长安。元和十一年秋，李贺只好带病再回昌谷。诗人一生备受排挤、压抑，不第不达的遭遇和家境的凄凉，使他忧恨绵绵，病体更弱。这期间，他写下了《客游》《野歌》《秋来》等诗，并整理旧作，授予挚友沈子明。不久，他年轻的生命便被病魔无情地夺走了。传说那是因为天帝新成白玉楼，特召他去撰写碑记，倒也给这位杰出诗人的失意生涯增添了一层浪漫色彩。

二

诗人是时代的产儿，也是时代的歌手。李贺生活在唐代中期，经历了德宗、顺宗、宪宗三朝。那时，延续了八年的安史之乱刚刚平息，国家元气大受损伤。强藩四起，兵祸连年。加以德宗、宪宗都宠信宦官，猜忌在朝官僚，致使宦官“参掌机密，夺百司权，上下弥缝，共为不法”（《资治通鉴》卷二百六十三）。

在这种国事日非的情势下，统治者不思进取，却贪图享乐，奢靡成风。昏庸的德宗曾下令让文武百官自选胜地，游宴享乐。而为了满足自己的奢费，又巧立名目，鼓励地方搜刮民脂民膏，向朝廷进奉。宰相李泌曾劝阻德宗，要他莫贪私财，停止进奉，德宗口头应诺，私下却发了一道敕令，让地方官以后进奉，别让宰相知道。这样，自朝廷而下，贪赃纳贿之风越刮越猛。宪宗李纯即位之初，任用了一些有才干而正直的人做宰相，出任节度使，曾先后平定了四川刘辟、淮西吴元济的叛乱，各地藩镇一时有所收敛。但是，他并没有扭转国家的衰败趋势，而且有些方面比德宗更变本加厉。他求方士，好神仙，大兴土木，广事征敛，终于被宦官陈弘志谋害。

由于藩镇构祸，宦官擅权，君臣奢靡无度，朝廷腐败，加上大肆勒索，兼并土地，以致社会动荡，民生涂炭。阶级矛盾和民族矛盾日趋尖锐。唐王朝的统治好像建筑在沙堆上一样，随时都有崩溃的可能。

社会的动荡往往会刺激和推动文学艺术的发展。这一时期的文学，特别是诗歌创作，出现了一个名家辈出、争艳斗胜的局面。著名诗人元稹、白居易、韩愈、孟郊、韦应物、柳宗元、刘禹锡、李贺、杜牧、姚合，以及稍后的温庭筠、李商隐等，纷纷竞起争鸣。青年诗人李贺才气横溢，纵恣不群。韩愈推许在前，杜牧、李商隐揄扬在后，引起了诗坛的瞩目。

他通过自己诗歌复杂多样的内容，新颖独特的艺术手法，针砭时弊，慨叹人生，揭露社会的黑暗和腐朽，同恶势力抗争，为受压迫的人们鸣不平，表达了自己的理想和愿望。

从主题思想来看，李贺的诗歌主要表现为以下几个方面：

第一，揭露藩镇割据的罪行，维护国家的统一。如在《猛虎行》中，他把专横跋扈的藩镇比作吃人的猛虎，形象地描绘了他们的嚣张气焰和凶残面目："长戈莫舂，强弩莫抨。乳孙哺子，教得生狞。举头为城，掉尾为旌。"并愤怒指斥了他们残害人民的罪行，嘲讽了统治者的无能。在《公无出门》中，诗人用熊虺、毒虬、狻猊、猰貐等毒蛇猛兽来比喻藩镇，强烈谴责他们把社会搞得天昏地暗，造成了"天迷迷，地密密。熊蛇食人魂，霜雪断人骨"的惨状，字里行间，燃烧着愤怒的火焰。由于藩镇割据破坏了国家的统一，给人民带来了无穷的灾难，诗人一面揭露和抨击他们的罪行，一面号召志士从戎，发出了"男儿何不带吴钩，收取关山五十州"（《南园十三首》其五）的呼喊。

第二，讥讽宦官统兵，叹息良将闲置，真才见弃。如在《吕将军歌》里，诗人利用对比手法，写心雄胆壮的吕将军被派到城外看守陵墓，"剑龙"怒吼，欲上战场而不得；而受宪宗宠信的宦官吐突承璀却被派到战场上作统帅，讽刺他像傅粉女郎一样，远离敌阵，不敢接战。对这种所用非人的现象，诗人不禁发出了"圆苍低迷盖张地，九州人事皆如此"的慨叹。《感讽六首》（其三）也是这类作品。《马诗二十三首》中的多数诗篇，则以表达了真才见弃的悲愤而引人注目。

第三，揭露君主及权贵们的昏庸奢靡及冶游无度。如《上云乐》讽刺帝王纵情声色，骄奢无度："飞香走红满天春，花龙盘盘上紫云。三千宫女列金屋，五十弦瑟海上闻。"有很强的现实针对性。《荣华乐》通过全面揭露东汉贵戚权臣梁冀一门的势倾朝野和穷奢极欲，托古讽今，对当时的权贵们提出了警告："当时飞去逐彩云，化作今日京华春。"旨在说明梁冀当时一门显贵，不可一世，而被杀之后，家破人亡，一切化为云烟。至于今天气焰嚣张的达官贵戚，自然不能逃脱同样的下场。这类作品还有《贵公子夜阑曲》《贾公闾贵婿曲》《花游曲》《牡丹种曲》《秦宫诗》等。

第四，讥讽帝王求长生，指明神仙虚妄。这类作品或借言天上并无长生不死的神仙，衬托出人间求仙的虚妄（《官街鼓》）；或讲生死寿夭，乃是自然规律，连秦皇汉武也无可奈何（《苦昼短》）；或反复陈说神仙虚妄不可信，应当远方士，保令名，惜韶华，荫子孙（《相劝酒》）；或讥讽方士作态待时，趋炎求荣，不如鱼鹿（《仙人行》）。此外，如《拂舞歌辞》《古悠悠行》等，都是借历史故事，讽喻当世，讥刺的对象就是迷信丹药的唐宪宗。

第五，歌颂正义战争，叙述征戍的辛苦。如《摩多楼子》从“二万四千里”的“玉塞”落笔，写边地辽远荒寒，形象地展示了出征士卒的征伐之苦。《雁门太守行》描写守边将士半夜出兵，奔袭敌军，气象肃杀，情调悲壮。诗末更以“报君黄金台上意，提携玉龙为君死”，表现了将士们誓死报国的英雄气概。元和十二年十月，李愬雪夜下蔡州，平定淮西，擒吴元济，上御门受俘。李贺兴奋地写了《上之回》，表示庆贺。“上之回，大旗喜。悬红云，挞凤尾”，字里行间，一派喜气；“天高庆云齐堕地，地无惊烟海千里”，企盼国家统一、四海安宁之情溢于言表。《送秦光禄北征》《公莫舞》两诗，旨趣也都与此相同。

第六，同情人民的疾苦，为受苦受难者鸣不平。李贺沉沦下僚，生活贫困，对人民的疾苦有所了解，并寄予了深切的同情。在《老夫采玉歌》中，诗人尖锐地指出，由于统治者“琢作步摇徒好色”，逼使采玉工人冒着生命危险，采玉蓝溪，境遇十分悲惨。读来字字是血，声声是泪。《感讽五首（其一）》形象地描写了一位农妇穷于应付官府勒索的情景“越妇未织作，吴蚕始蠕蠕”，县官就已经恶狠狠地跑来收税了。农妇恳求时，小姑急忙备餐款待。但县官刚刚大嚼而去，簿吏又到来了。诗人对政府的苛捐杂税和官吏的贪婪残暴作了尖锐的讽刺和斥责。他如《平城下》有感于守边士卒受虐待，《绿章封事》为众多死于瘟疫的穷书生鸣不平，《宫娃歌》则叙说幽闭深宫的宫女怨旷思归的心情，都让人能够看到诗人那颗同情弱者、指斥世道不公的诗心。

第七，描写神仙鬼怪，抒发对人生的种种感慨。李贺诗中写到神怪的地方很多，这里指专门描写神仙鬼怪的诗篇。如《金铜仙人辞汉歌》，通过描写魏官搬取汉武帝捧露盘仙人的故事，借铜人的凄苦，抒发作者的故国兴衰之情。《梦天》通过叙说梦入月宫的情景，抒发了沧桑易变和登天而小尘世的感觉。《苏小小墓》描写了墓地上肃杀幽冷的景色，表达了诗人对红颜永寂的凭吊之情。《天上谣》《帝子歌》《湘妃》《感讽五首(其三)》等，都是这类作品。后世有些评论家主要根据这类作品，称李贺为“鬼才”，称他的诗为“鬼仙之辞”。

第八，叙说个人的不幸遭遇，发泄壮志难酬的愤懑。这类诗为数不少，感情激越。如在《赠陈商》中，诗人颇为详细地叙述了自己的不幸和苦楚，虽然“心已朽”，但仍旧期待着“天眼何时开，古剑庸一吼”。《题归梦》叙说家人望他获得禄位，得到温饱。但仕途蹭蹬，梦醒后对着灯光再也无法入睡。《开愁歌》描写失意之后，愤懑至极的情景“临岐击剑生铜吼”，“壶中唤天云不开”。歧路击剑，怒不可遏；壶中唤天，借酒消愁。《示弟》《崇义里滞雨》《野歌》及《南园十三首》中的许多诗篇等，都是这类作品。

此外，李贺诗集中还有一些诗篇，或咏事咏物，如《李凭箜篌引》

《春坊正字剑子歌》;或描写儿女之情,如《七夕》《大堤曲》《美人梳头歌》等;或描写田园风物,如《南山田中行》《溪晚凉》等;或系酒筵应景之作,如《许公子郑姬歌》《花游曲》等;乃至着笔剑客妓女,如《走马引》《洛姝真珠》等。

总之,李贺诗歌的题材范围比较广泛,涉及到了当时社会生活的许多主要方面,读者可从中发现诗人所处时代的历史面影。

三

李贺的诗歌,不仅具有鲜明的主题,深刻的思想,而且具有独特的艺术风格和艺术特色。严羽在《沧浪诗话》中说:“长吉之瑰诡,天地间自欠此体不得。”他的诗的确奇峭不羁,瑰丽凄恻,绝不同于凡响。

首先,格调俊爽、多样。当时提倡古文运动最力的韩愈主张“惟陈言之务去”,“文必己出”。李贺受其影响,在诗歌创作方面也贯彻了这一宗旨,对当时轻滑、圆熟的一派极端憎恶,尤其对一般应试的律诗,更是不屑一顾。在学习和吸收《楚辞》、汉魏古诗、古乐府及齐梁体精华的同时,创造出了他独具的俊爽、多样的诗歌格调。大体而言,李贺诗歌的格调主要有三种类型。一种是继承《楚辞》的。这是他诗作中最独到、最精彩的部分。虽然其形式是唐代一般的古诗,却在意境、风调方面继承了《楚辞》精神,创造出自己独有的奇崛愤激、凄凉幽冷的风格。如《帝子歌》仿效《楚辞》里的《湘君》《湘夫人》,《雁门太守行》脱胎于《国殇》,《公无出门》神似《招魂》,《神弦》则活画出迎神送神的神秘气氛。所以宋人刘辰翁曾评论说:“读此章，使人神意森索，如在古祠幽暗之中，亲睹巫觋赛神之状。”其他如《湘妃》《贝宫夫人》《神弦曲》等，都属于这类作品。

另一种格调是学习古歌谣和乐府诗的。诗人吸取了汉魏古歌谣和乐府诗的丰富营养，或借旧题创新意，或据新事创新题，在用语和立意上创造了新的格调，发挥了古歌谣和乐府诗形式自由的优长，尽情地抒发自己的感受。这类作品在他的诗集中所占比例不少，如《蜀国弦》《艾如张》《巫山高》《苦昼短》《后园凿井歌》《金铜仙人辞汉歌》及《致酒行》等，都是其中的名篇。

还有一种格调是借鉴齐梁体的，将齐梁体的浓艳融化为自己的血肉，大都设色绮丽，绚烂而又凄惋，但无淫靡萎弱之弊。如《难忘曲》《梁公子》《休洗红》《美人梳头歌》等，都是这类作品。

其次，想象奇特、丰富。李贺诗作的想象往往奇幻新颖，思落天外。比如《金铜仙人辞汉歌》所咏是魏官搬取汉武帝捧露盘仙人的历史故事，诗人笔下的铜人不仅有知有觉，而且感情丰富，当它被魏官运出宫门时，竟潸然泪下，其痛深切，竟至兰草同悲，汉月伤心，苍天愁苦，渭水悲吟。诗人借助奇特丰富的想象，托铜人易主去国之悲，抒发了自己由唐帝国之兴衰而引起的沉痛感慨。在《李凭箜篌引》中，诗人驰骋想象，对乐曲的形容描绘达到了极致。其他如《天上谣》《铜驼悲》《神仙曲》等，也都以想象力的丰富和新奇见称。

再次，气势雄壮而又奇峭不羁。李贺不少诗篇工于发端，起调高昂。随即如龙腾虎跃，奇曲多姿，而又自然成势。《旧唐书·李贺传》谓其“文思体势如崇岩峭壁，万仞崛起”。如《浩歌》以“南风吹山作平地，帝遣天吴移海水”起笔，沧海桑田，涵盖雄阔，气势奔放；三、四两句转说“王母桃花千遍红”，高寿者彭祖、巫咸也该死过好几回了；五、六两句又转说到初春时候，骑着骏马出游；七、八两句讲美人用金杯劝酒，勉励说自己年纪还轻，当自爱自强；九、十两句进而说到要有雄心壮志，以“世上英雄本无主”自励；十一、十二两句陡转，暗叹当时没有怜才爱士的人；十三、十四两句则转而回到宴饮上来；十五句承前而说到人生易老，末句迸发而出，说明堂堂男子当奋发有为。全诗着想奇崛，文思跌宕，气象雄伟，有不可羁勒之势。其他如《绿章封事》《致酒行》《梁台古意》《公无出门》等，也都程度不同地体现了这种特色。

在李贺的创作中，尤其突出的还是他的诗歌语言瑰丽、奇诡、警迈，用词遣意，必自己出，不蹈常袭故。如“石破天惊逗秋雨”（《李凭箜篌引》）、“黑云压城城欲摧”（《雁门太守行》）、“思牵今夜肠应直”（《秋来》）、“天若有情天亦老”（《金铜仙人辞汉歌》）、“蓝溪之水厌生人”（《老夫采玉歌》）、“雄鸡一声天下白”（《致酒行》）、“杨花扑帐春云热”（《蝴蝶飞》）、“壶中唤天云不开”（《开愁歌》）、“踏天磨刀割紫云”（《杨生青花紫石砚歌》）、“桃花乱落如红雨”（《将进酒》），等等，都是千年传唱不已的“不经人道语”。

李贺在炼词造句时，能从事物本身的物理属性出发，加以发挥改制，使之更为鲜明、突出；并且往往借助于拟人化和比兴等修辞手法，使之更加生动。如“银浦流云学水声”（《天上谣》），由于浮云在天河中移动，设想它是像水一样在“流”，而且也会发出响声。“羲和敲日玻璃声”（《秦王饮酒》），通常只说羲和为日御，李贺改为“敲日”，因“敲”便产生“玻璃声”。李贺还喜欢用“湿”“冷”“寒”“重”等字，来增加诗句的分量，用“啼”“哭”“惊”“笑”等字，来传达他敏锐的情感，用“鬼”“死”“血”“骨”等字，来渲染幽冷的气氛。

李贺诗歌中也有一些诗篇，如《大堤曲》《蜀国弦》《莫种树》《休洗红》等，写得平易自然，明白流畅，别有一种风调。由此可见诗人创作艺术上可贵的探索精神。

此外，借古讽今也是李贺诗歌的艺术特点之一。元和年间，藩镇割据，宦官擅权，内外交困，为祸不测。主惑于上，臣愤于下。“贺不敢言，又不能无言。于是寓今托古，比物征事，无一不为世道人心虑”，“其命辞、命意、命题，皆深刺当世之弊，切中当世之隐”（姚文燮《昌谷集注序》）。这类作品有《还自会稽歌》《绿章封事》《追赋画江潭苑》《仙人》《秦宫诗》《荣华乐》等。

李贺生命短促，加以对广阔的社会生活缺乏更加全面深刻的体察和认识，所以尽管他努力于艺术创作实践，毕竟视野受到一定的限制，而一味刻意求新，有时也难免堆砌、雕琢，甚至流于晦涩。还有些诗篇，如《恼公》《夜来乐》《花游曲》等，专写狎妓、冶游之事，辞藻浓艳，则是受到齐梁体的不良影响。

但是，总的看来，李贺的诗歌思想深刻，风格独特，是中唐时代诗坛上的一朵异彩夺目的奇葩，为我国古典诗歌开拓了新的艺术境界，故被誉为“长吉体”。稍后于他的李商隐、温庭筠受其影响很深，形成了唐代诗歌的一个流派。晚唐以降，不少诗人都受其沾溉。他对我国古代文学史产生了显著的影响。

四

李贺去世前曾将他所写的二百多首诗歌汇为一集，分成四编，授予好友沈子明。十五年之后，沈氏请当时著名诗人杜牧作序，李贺的诗作因此得以流布。现在通行的本子于四卷之外附有外集，篇数也稍有出入。历代李贺诗集的注释本有十多种，而以清人王琦的《李长吉歌诗汇解》为最善。王本注引翔实，解释谨慎，识见精深。今人叶葱奇先生的《李贺诗集》折衷旧注，别作疏解，博观约取，多有发明，是一个便于初学的本子。近些年来，各地陆续出版了一些选注选译本，其中也不乏可观者。本书选录李贺诗九十六首加以注译，力求能够反映出李贺诗歌的基本内容和艺术风貌。其中，从通行本的一、三两卷中选四十二首，由冯浩菲注译；从二、四两卷和外集中选五十四首，由徐传武注译。全书由冯浩菲统稿，并撰写《导读》。根据编写的统一规定，原诗文字以通行本为主，择善而从，一般不作校勘说明。注释尽量简明，不作详细考证。译文力求做到既切合原诗，又通俗流畅。希望帮助读者比较全面和准确地理解李贺的诗歌创作。古典诗歌的翻译工作不大好做，由于水平所限，存在问题一定不少，恳望读者能给予批评指正。

冯浩菲（山东大学文史哲研究院）
徐传武（山东大学文史哲研究院）

李凭箜篌引①

这首诗是作者听了乐工李凭弹奏箜篌，有所感慨而作的。诗中极写李凭演奏的美妙，竟致云凝不流，神女感动，物候为之变易，鱼龙为之起舞。全诗构思奇特，想象丰富，语言富有创造性。成语“石破天惊”，就出自这首诗中的“石破天惊逗秋雨”一句。但诗中只写乐工技艺的感天动地，毫不涉及一般人的反应，实系暗示佳音妙曲，尘世知希，曲折地透露了作者怀才不遇的感伤。

① 李凭：当时的著名乐工，善于弹奏箜篌(kōng hóu)。箜篌：古代弹拨乐器，似于竖琴。引：乐曲体裁之一。

吴丝蜀桐张高秋①，　空白凝云颓不流②。
江娥啼竹素女愁③，　李凭中国弹箜篌④。
昆山玉碎凤凰叫⑤，　芙蓉泣露香兰笑⑥。
十二门前融冷光⑦，　二十三丝动紫皇⑧。
女娲炼石补天处⑨，　石破天惊逗秋雨⑩。
梦入神山教神妪⑪，　老鱼跳波瘦蛟舞⑫。
吴质不眠倚桂树⑬，　露脚斜飞湿寒兔⑭。

①吴丝蜀桐：代指箜篌。当时制作箜篌一类乐器所用的丝弦，以吴地（今江苏和浙江一带）所产的蚕丝为佳；所用的木材，以蜀地（今四川）所产的桐木为上。这里也有表示箜篌质地名贵的寓意。张：指弹奏。 ②空白：天空。白，一本作“山”。颓：凝重低垂的样子。③江娥：一作“湘娥”。指帝舜的二妃娥皇和女英。相传舜南巡而死，她们痛哭时洒泪于竹上，就成了斑竹。见《博物志》。素女：黄帝时善于弹瑟的女子。见《史记·封禅书》。 ④中国：即国中，指当时的京都长安。古时候称都城为国。 ⑤昆山：即昆仑山，是出玉的地方。这句以玉碎和凤叫分别比拟箜篌声的清脆与悠扬。⑥芙蓉：莲花。这句是说，箜篌声时而悲愤，能使莲花哭泣；时而欢快，能让香兰发笑。笑：指开花。 ⑦十二门：古长安城一面三门，四面十二门。 ⑧二十三丝：指箜篌的二十三条弦。紫皇：指天帝。⑨“女娲”句：神话传说，共工氏怒触不周山，天顶倾陷，女娲氏炼五色石，补住了缺陷处。见《淮南子·览冥训》。 ⑩逗秋雨：逗落秋雨。逗，引。 ⑪妪（yù）：老年妇人。《搜神记》载，晋怀帝永嘉年间，兖州（在今山东）出现了一位仙女，号成夫人，善弹箜篌，诗中或许暗用此事。这句是说，听李凭弹箜篌入了迷，幻觉中仿佛在仙境听他教仙女演奏。 ⑫“老鱼”句：《列子·汤问》载：“瓠巴鼓瑟而鸟舞鱼跃。”这里暗用此典。 ⑬吴质：即神话传说中在月宫砍桂树的吴刚。相传吴刚字质。 ⑭露脚：露珠。寒兔：指月宫玉兔。

翻译

在深秋的夜晚，弹奏起名贵的箜篌，

乐音激越，使天上的云彩不再流走。

湘娥素女感动得泪洒青竹，满怀哀愁，

是由于乐工李凭在京城里弹奏箜篌。

乐声清脆动听，就像昆山玉碎，凤凰鸣叫，

时而使莲花哭泣缀露，时而使香兰开放欢笑。

这声音融和了十二门前的清冷光气，

二十三条丝弦打动了至上的天帝。

冲上女娲炼石补过的天际，

激破了五彩石，逗落了绵绵秋雨。

幻觉中仿佛乐工进入神山教女仙弹奏，

老鱼兴奋得随波跳跃，瘦蛟也翩翩起舞。

月中吴刚听得忘了睡眠，依靠着桂树，

露珠斜飞，也打湿了在一旁静听的玉兔。

示弟

李贺曾赴京都长安做从九品小官奉礼郎，官职低下，俸禄微薄，备感压抑，却又毫无迁调的希望。三个年头之后，失意潦倒，病归昌谷，写下了这首诗。全诗以兄弟重聚时的景况依旧，衬托个人境遇的一无变化。字里行间，包含了无限辛酸。末尾两句用“五子”游戏作比，故作旷达，实际上是发泄自己深沉的痛苦与激愤。

别弟三年后，　还家一日余[①]。
醁醽今夕酒[②]，　缃帙去时书[③]。
病骨犹能在，　人间底事无[④]。
何须问牛马，　抛掷任枭卢[⑤]。

① 一：叶葱奇注《李贺诗集》作“十”。　② 醁醽（lù líng）：酒名，又称酃渌，因产地酿酒所用的水出自酃湖和渌水而得名。见李善《文选注》和盛弘之《荆州记》。　③ 缃（xiāng）：浅黄色。帙（zhì）：包书布，即书套。　④ 底事：何事。底事无：什么事情不会发生，意谓怪事层出不穷。　⑤“何须”二句：当时有一种赌博器具，类似后世的骰子，或称五子。形状像杏仁，两头尖，中间平广，分为两面：一面涂黑彩，

画牛；一面涂白彩，画雉。掷出五子后，全是黑彩称作卢，是贵彩，最好；白二黑三为枭(xiāo)，不及卢。又设有关与马，贵彩能连掷，可以打马，过关，别的则不能。玩五子就是根据彩名的贵贱来决定胜负输赢。见《演繁露》和《唐国史补》。这两句诗是说玩五子游戏不必计较输赢，掷出去后就不用管它是牛是马，得枭得卢都应坦然处之。比喻个人的进退也不必问成与败，豁出去听其好坏算了。

翻译

跟弟弟分别三年后，
回家重聚一日余。
今晚喝的依然是酴醾酒，
家里有的还是以前那些黄封套书。
我的病骨幸而安然如故，
人世间发生的怪事无数。
还是玩五子戏吧，不要计较成败，
随手掷去，管它是枭还是卢。

竹

这首诗借竹自比。写竹子的文光劲节和潇洒清幽，实际上是写人的气质与修养。后四句借以抒写自己的怀抱与希望。全诗色调鲜明，形象生动。所织不言簟席，而谓“承香汗”；所裁不言渔竿，而谓“钓锦鳞”，使诗句更显得含蓄隽永。

入水文光动①，　抽空绿影春②。
露华生笋径③，　苔色拂霜根。
织可承香汗④，　裁堪钓锦鳞⑤。
三梁曾入用，　一节奉王孙⑥。

---

① 入水：指竹竿倒映水中。文光：指波纹泛起的光影。　② 抽空：谓竹节当空抽拔生长。　③ 笋径：长着竹笋的小径。　④ 香汗：代指美人。　⑤ 裁：砍截制作。锦鳞：代指鱼。　⑥“三梁”二句：古代的冠（即帽子）里面有横衬，称作梁。梁用竹子做成。《舆服志杂注》载，天子五梁进贤冠，太子诸王三梁进贤冠。这两句诗谓王孙做三梁冠时，也曾采用过一节竹子。暗示若蒙国家拔用，自己将能上登朝廷发挥力量。

翻译

映入水中，纹光闪动，
当空抽长，绿影增春。
晶莹的露珠点缀笋径，
苍翠的苔藓满布竹根。
剖竹织席，承藉美人香汗，
制成渔竿，能够钓起锦鳞。
为了制作三梁冠，
一节竹子也被奉敬给王孙。

七夕[1]

往岁七夕，诗人曾与一个女郎欢遇，情意浓密。重逢七夕，感喟天上牛女相聚，人间两情分隔，便写了这首诗来抒发自己的愁思。

这首五律三、四两联对仗颇工。其中“天上分金镜，人间望玉钩”两句，晓畅无滞，意味无穷，似重而实不重。尾联情思缠绵，妙语天成。

① 七夕：即农历七月七日夜晚。民间传说此夜牵牛、织女踏上鹊桥，越过天河聚会。

别浦今朝暗①，　罗帷午夜愁②。
鹊辞穿线月③，　萤入曝衣楼④。
天上分金镜⑤，　人间望玉钩⑥。
钱塘苏小小⑦，　又值一年秋⑧。

---

① 别浦：此指天河。牵牛、织女二星分隔在天河两边，所以称“别浦”。暗：俗传七月七日天河隐没，所以说“暗”。　② 罗帷：丝织的帐幔。愁：诗人自谓。时当七夕，牵牛、织女也能聚会，愁叹自己独处罗帐，思所欢而不得。　③ “鹊辞”句：《风俗通》载，织女七夕渡

河，使鹊搭桥。据《荆楚岁时记》，妇女七夕穿线乞巧，故称这天的月为“穿线月”。全句是说乌鹊离开月亮而飞去，意谓已经搭过桥了，也就是说牛、女二星已经会合过了。 ④“萤入”句：全句是说萤火虫已飞入晒衣楼，意谓天将向晓。萤：旧本均作“花”，此从清人黎简校改。曝（pù）：晒。《四民月令》载，七月七日曝经书及衣裳。⑤ 金镜：指月亮。七夕弯月如半镜，所以喻称分金镜，又进而借喻牛、女二星合而复分。 ⑥ 玉钩：也指七夕弯月。弯月终将复圆，借喻离人希望重合。 ⑦ 钱塘：旧县名，今并入杭州。苏小小：南齐时钱塘名娼。见《乐府广题》。这里指自己曾经欢遇的女郎。 ⑧ 又：一作“更”。

翻译

天河隐隐逢七夕，
独处罗帐半夜愁。
乌鹊离去穿线月，
萤火飞入晒衣楼。
牛女双星合又分，
人世情侣望玉钩。
不见钱塘苏小小，
独处寂寞又一秋[1]。

① 一秋：即一年。

过华清宫[1]

诗人对当时唐王朝的政治、经济危机有着深切的感受，路过华清宫，看到当年唐玄宗和杨贵妃寻欢作乐的地方变得一片荒凉，抚今追昔，不胜感慨，便写下了这首诗。

前四句描写月夜啼鸦，帘幕长垂，窗络暗淡，苔迹横生，极力形容满目荒凉的情景。后四句对在安史之乱中束手无策、逃命蜀地的皇帝李隆基进行了讽刺，设想他当日逃走时玉碗中的酒都没有喝完，银灯还亮着，一派仓皇狼狈的景象。诗末贬称他为“蜀王”，讽刺更是大胆直露。

① 华清宫：在今陕西西安临潼骊山西北麓，是唐玄宗和杨贵妃每年临幸游乐的行宫。

春月夜啼鸦，　宫帘隔御花[1]。
云生朱络暗[2]，石断紫钱斜[3]。
玉碗盛残露[4]，银灯点旧纱[5]。
蜀王无近信[6]，泉上有芹芽[7]。

① 御花：宫苑中的花。 ② 朱络：指红漆窗格。 ③ 石：阶石。紫钱：指铜钱形的紫色苔藓。这句是说阶石断裂，上面的紫色苔钱随之变形，歪歪斜斜。 ④ 盛（chéng）：装着。残露：指喝剩的酒。⑤ 点：点亮。旧：一作“绛”。纱：灯纱。 ⑥ 蜀王：指唐玄宗。安史之乱时，他苟且偷生，逃到蜀地（四川）去避难，因贬称为“蜀王”。⑦ 泉：指温泉。芹：水芹。末二句说玄宗刚逃往蜀地时，还没有消息传来，华清宫的温泉边上就已经长出了水芹嫩芽。言外之意是说如今距玄宗奔蜀已经很久了，华清宫变得这样荒凉是毫不奇怪的。

翻译

在这春天的月夜里，只听见乌鸦哀啼，
帘幕长垂，阻隔着寂寞的宫花。
云雾缭绕，红色的窗格显得很暗淡，
阶石断裂，钱形的紫苔歪歪斜斜。
当时[①]，玉碗里兴许还留有剩酒，
银灯怕也亮着，外面围着薄纱。
“蜀王”出奔还没有消息的时候，
泉边上就已经长出了水芹的嫩芽。

① 当时：指诗人设想玄宗当日仓皇逃跑时。

送沈亚之歌[1]并序

友人沈亚之考试落第，准备回家，李贺写诗送行。诗中对这位朋友的不幸遭遇表示了深切的同情，勉励他不要灰心，以后再来应试。同时，严厉指责了主考官的失职行为，说他在光天化日之下选拔人才，竟然将沈亚之这样的人才弃置不取，犹如抛弃了“黄金”，放走了“龙马”。

① 沈亚之，字下贤，吴兴（今浙江湖州）人，李贺的朋友。元和十年（815）进士，官至殿中侍御史、内供奉。以文辞得名，尝游韩愈门，为当时名辈所称许。有《沈下贤集》。

文人沈亚之，元和七年[1]，以书不中第[2]，返归于吴江[3]。吾悲其行[4]，无钱酒以劳[5]，又感沈之勤请[6]，乃歌一解以送之[7]。

吴兴才人怨春风[8]，　桃花满陌千里红[9]。
紫丝竹断骢马小[10]，　家住钱塘东复东[11]。
白藤交穿织书笈[12]，　短策齐裁如梵夹[13]。
雄光宝矿献春卿[14]，　烟底蓦波乘一叶[15]。
春卿拾才白日下，　掷置黄金解龙马[16]。

携笈归家重入门，　　劳劳谁是怜君者[17]？
吾闻壮夫重心骨，　　古人三走无摧捽[18]。
请君待旦事长鞭，　　他日还辕及秋律[19]。

---

① 元和七年：公元812年。元和：唐宪宗的年号。 ② 书不中第：参加书学考试未能通过。唐贡士之法，有秀才、明经、明书等。据《新唐书·选举志》，凡参加书学考试，先口试，通过后，再墨试《说文》《字林》二十条，有十八条通过才能及格获选。 ③ 吴江：即吴松江，俗称苏州河，在今江苏东南部。 ④ 其行：指将要踏上归途。⑤ 劳：慰问。 ⑥ 勤请：再三请求。 ⑦ 一解：乐曲的一章，这里指一首诗。 ⑧ 吴兴才人：指沈亚之。才人，有才华的人。 ⑨“桃花”句：唐代制度，士子举进士，大抵秋初上路，十月下旬赶到京都长安，在吏部集中，次年正月举行进士考试，随后放榜，春末方归。又唐人多拿落花比落第。这句诗语意双关，既写暮春景色，表明士子将归，又暗示落第而回，心绪茫然。陌：田间的路。 ⑩ 紫丝竹：指马鞭。骢（cōng）马：青白色的马。 ⑪ 钱塘：见前《七夕》注。⑫ 书笈（jí）：书箱。 ⑬ 策：古代用竹简写字，称作策。梵（fàn）夹：佛经。佛经用贝多树叶书写，以板夹之，故谓之梵夹。 ⑭ 雄光宝矿：闪闪发光的宝贵矿石。这里比喻沈氏所写的短策。春卿：指考官。唐代考试由礼部主持，礼部官称作春卿。 ⑮ 蓦：越过。一叶：指小船。 ⑯ 掷置：抛弃。解：放掉。龙马：骏马。 ⑰ 劳劳：体切宽慰的意思。 ⑱ 古人三走：据《史记·管晏列传》，春秋时的管仲，曾三次做官，三次罢官；三次打仗，三次败走。这里暗用其事。摧

捽(zuó):犹挫折。 ⑲ 秋律:即秋天。古时以十二音律配合十二个月,故以秋律称秋天。这句说希望他下年秋天再来应试。

翻译

吴兴才人失意将归,哀怨春风无情,
吹得桃花落满路,千里一片红。
紫丝竹鞭已断裂,所骑骢马弱又小,
家住钱塘,在遥远的东方还要往东。
带着一条条白藤交叉编成的书箱,
里面是短小整齐的文稿,有如梵夹。
为把闪闪发光的"宝矿"呈献给考官,
你乘着小舟,掠过烟波来到京华。
考官们在光天化日之下选拔人才,
却把"黄金"抛掉,"龙马"放弃。
落第而回,重又带着书箱走进家门,
是谁能体切关怀而怜悯你?
我听说,大丈夫看重节操骨气,
古人能做到失败三次也不泄气。
请你等到下一年的那个时辰挥起长鞭,
趁秋天的大好时光驱车再来应试。

咏怀二首(选一)

这首诗借司马相如来抒写自己的失意之感。前两句叙闲居的幽静,三、四两句写夫妻的融洽,表面似乎悠闲自得,真正的用意却是感叹投闲置散。后四句借以发感慨,说相如生前,梁王和武帝不重用他,视如草梗一般。等他死后,却重视他的遗书,照着行起祭天地的典礼来了。通过生前死后两种情况的对比,揭露和讽刺梁王与武帝不能知人善任,爱惜人才,暗示当朝皇帝也是这一类人物。

其一

长卿怀茂陵①,　绿草垂石井。
弹琴看文君②,　春风吹鬓影。
梁王与武帝③,　弃之如断梗。
惟留一简书④,　金泥泰山顶⑤。

---

① 长卿:司马相如的字。他曾事汉景帝,为武骑常侍。因病免,客游梁,梁孝王令与诸生同舍。武帝时,用为孝文园令。后病免,家居茂陵。及病重,武帝遣使取所著书,使至,相如已死。其遗书言封禅

事。筑土为坛以祭天，叫作封；辟地为场以祭地，叫作禅。后来，武帝便封泰山、禅梁父。怀：即怀居，表示留恋安逸。茂陵：武帝陵园，在今陕西兴平东南。 ② 文君：四川临邛(qióng)富人卓王孙之女，新寡，喜好音乐。相如以琴相挑引，遂夜奔相如，结为夫妇。 ③ 梁王：即梁孝王刘武，是景帝同母弟。 ④ 一简：犹一卷。古代的书写在竹简上，所以称“一简”。 ⑤ 金泥：用水银和金粉为泥，用来涂封封禅时所用的文书。

翻译

司马相如安居茂陵，
绿草蓬蓬垂入石井。
一边弹琴一边看文君，
只见春风拂动她的鬓影。
可叹梁王和武帝，
把他像断梗一样弃置不用。
死后只留下一卷文书，
武帝却照着行封禅礼登上泰山顶。

春坊正字剑子歌[1]

这首诗赞颂了春坊正字官所收藏的一把剑。诗中细腻地描绘了这把宝剑的光芒、质地、装饰及非凡的功能，并含蓄地对剑的主人寄托了重大期望，即发扬荆轲精神，为铲除腐败势力而献身。写法上善于比拟，想象奇特，意趣高昂，较好地体现了诗人的艺术风格。

① 春坊正字：唐代太子宫中负责校正经籍文字的官员，隶属于左春坊司经局，故称春坊正字。见《新唐书·百官志》。

先辈匣中三尺水[1]，　曾入吴潭斩龙子[2]。
隙月斜明刮露寒[3]，　练带平铺吹不起[4]。
蛟胎皮老蒺藜刺[5]，　鸊鹈淬花白鹇尾[6]。
直是荆轲一片心[7]，　分明照见春坊字[8]。
挼丝团金悬䍦㲲[9]，　神光欲截蓝田玉[10]。
提出西方白帝惊，　嗷嗷鬼母秋郊哭[11]。

---

① 先辈：指春坊正字。《演繁露》载，唐代举人称已及第者为先辈。三尺水：即三尺剑。　② “曾入”句：用晋周处在义兴（即今江苏宜

兴)水中斩蛟故事。见《世说新语·自新》。义兴,三国时属吴,故此处称“吴潭”。龙子:指蛟。 ③ 隙月:隙中月光,狭而长,喻指剑形。④ 练带:白丝带。 ⑤ 蛟胎皮:指鲛鱼皮所制的剑匣。 ⑥ 鸊鹈(pì tí):水鸟,似鸭而小,用它的脂肪涂刀剑可防锈。淬(cuì):染。白鹇(xián):似山鸡而色白,尾长三尺。 ⑦ 荆轲:战国时著名勇士,卫国人,受燕太子丹聘请,赴秦行刺秦王嬴政,事败被杀。 ⑧ 分明:一本作“莫教”。 ⑨ 挼(ruó)丝团金:用金丝裹扎成圆形穗子。麗蔌(lù sù):下垂的样子。 ⑩ “神光”句:古代有宝剑切玉如泥之说。见《列子》。蓝田:今陕西蓝田,古代以产玉著名。 ⑪ “提出”二句:这两句用汉高祖刘邦斩蛇的故事。《史记·高祖本纪》载,刘邦酒醉夜行,拔剑斩了挡道的大蛇。随后有人经过那个地方,见一老妇在啼哭,并说,她的儿子是白帝的儿子,化成蛇,刚才被赤帝的儿子杀了。

翻译

先辈的剑匣中有把三尺剑洗亮如水,

它曾经潜入吴潭,把凶猛的蛟龙砍死。

像一道斜射的月光,利刃能刮掉露珠上的寒气。

像一条平铺着的白色丝带,风无法把它吹起。

剑匣上的蛟鱼皮老化,起了蒺藜般的浮刺,

剑刃上涂着鸊鹈油,像雪亮的白鹇尾。

这把剑呵,简直就是勇士荆轲的一片心,

分分明明，照耀着春坊正字。

用金丝裹成的圆形剑穗悬垂着，麗麗冕冕，

剑光神异，好像要试着切一下蓝田玉。

带着它去到西方，白帝一见准会惊恐，

那个鬼母又要在秋夜的郊外嗷嗷啼哭。

雁门太守行[1]

这首诗描写守城将士半夜出兵、奔袭敌军的情景。首二句写边城受到敌军的严重威胁，戒备森严；三、四两句写在军号满天、秋风萧瑟之中，塞上的燕脂草凝聚着夜色中的紫色，气氛肃杀可怖；五、六两句写轻骑夜驰，奔向阵地，冒寒将战；末尾两句援用旧典，表现了将士誓死报国的英雄气概。全诗色彩浓烈，意境苍凉，语调悲壮，深得《楚辞·国殇》的神理。

①《乐府诗集》有《雁门太守行》，这首诗拟古乐府，利用旧题而已，不是实写雁门太守的事情。雁门：郡名。郡治在今山西宁武、朔州、大同相交地带。太守：一郡之长。行：古诗的一种体裁。

黑云压城城欲摧[1]，　甲光向月金鳞开[2]。
角声满天秋色里[3]，　塞上燕脂凝夜紫[4]。
半卷红旗临易水[5]，　霜重鼓寒声不起[6]。
报君黄金台上意[7]，　提携玉龙为君死[8]。

---

① 摧：塌陷。　② 月：一本作“日”。金鳞开：形容云隙中透出的月光照射着盔甲，闪闪发亮。　③ 角：指军用号角。　④ 塞上：一作

“塞土”。燕脂：本是一种化妆用的红色颜料，曾为燕国所生，故称。见《中华古今注》。也作胭脂。 ⑤ 半卷红旗：描写轻骑急驰的情形。易水：在河北易县境。 ⑥“霜重”句：是说战鼓敲响了，闷沉沉的，好像被浓重的秋霜冻住了一样。 ⑦ 黄金台：在河北易县东南。相传战国时代燕昭王置千金于台上，以招揽天下人才。 ⑧ 玉龙：指剑。

翻译

黑云压城头，城墙像要塌陷一样，
盔甲映着月光，金鳞似的闪亮。
号声满天，秋风瑟瑟，
塞上的燕脂草在夜色中凝聚着紫气。
半卷红旗，轻骑驰向易水边，
霜重天寒，战鼓声低沉不起。
为报答国君招用贤才的诚意，
挥舞利剑不惜为他战死。

大堤曲[1]

这首诗拟古乐府而作，歌颂甜蜜的爱情，形象生动地写出了大堤女儿的绰约风姿和妩媚情态，并巧妙地将作者自己对青春生活的热爱和对人生的感叹，以少女挽留情人的口吻道出，增强了艺术感染力。末尾两句中“今日”与“明朝”对举，“菖蒲花”与“枫树老”比照，即表明红颜易老，岁月不留，当珍惜而欢度幸福的光阴。全诗色彩浓艳，音调铿锵，意境优美，形象鲜明，是作者所写恋情诗中的名篇。

① 大堤曲：古乐府名。起于南朝梁简文帝，属于《雍州十曲》之一。一说《大堤曲》出于宋随王刘诞《襄阳曲》。大堤：在今湖北襄阳城外。

妾家住横塘[1]，红纱满桂香[2]。

青云教绾头上髻[3]，明月与作耳边珰[4]。

莲风起[5]，江畔春；大堤上，留北人[6]。

郎食鲤鱼尾，妾食猩猩唇[7]。

莫指襄阳道，绿浦归帆少[8]。

今日菖蒲花[9]，明朝枫树老[10]。

① 妾：古时女子的谦称。横塘：地名，靠近大堤。 ② 红纱：红纱衣。 ③ 青云：形容发髻高高。教：学的意思。绾（wǎn）：编系，束扎。髻（jì）：发髻。这句是倒装，即“头上教绾青云髻”意。 ④ 明月：即“明月之珠”的省称。与：给。珰：耳饰。这句也是倒装句，应作“耳边与作明月珰”来理解。 ⑤ 莲风：此指春风。 ⑥ 北人：诗中少女的情人。 ⑦ “郎食”二句：郎：古时女子对情人的亲称。鲤鱼尾：与下句的“猩猩唇”都是珍肴美味。用此二句写两情相处时的欢乐，是使用“互文”修辞法，意思是郎也食猩猩唇，妾也食鲤鱼尾。⑧ 浦：水边。绿浦：这里指水上。 ⑨ 菖蒲：多年生草本植物，根茎可作香料。古时认为菖蒲开花预示吉祥。这里用菖蒲花表示青春年少时代。 ⑩ 枫树老：枫树变老，形状丑怪。这里表示年老时期。

翻译

我的家住在横塘，

红纱衣衫散发桂花香。

青云发髻头上扎起，

明月耳饰两边挂上。

莲风轻轻吹过。

江畔一派春光。

我站在大堤之上，

挽留那一心北去的情郎。

郎啊，你我同食鲤鱼尾，

同食猩猩唇。

不要思乡远想襄阳道，

江面的归帆很少很少。

今日恰似菖蒲开花，

明朝枫树易老，红颜易凋。

蜀国弦[1]

这也是拟古乐府诗。前六句描写蜀国山水的特征，生动具体。末两句讲一位蜀国女子依恋故土，不忍辞别。唐人吟咏蜀道，多形容入蜀的艰难，这首诗却从不忍离蜀着笔。这也是青年诗人李贺勇于创新、超凡脱俗的表现。

①《蜀国弦》，曲名，与《蜀道难》相似，写蜀道的艰险。蜀：即今四川。

枫香晚花静[1]，　锦水南山影[2]。
惊石坠猿哀[3]，　竹云愁半岭[4]。
凉月生秋浦，　玉沙粼粼光[5]。
谁家红泪客[6]，　不忍过瞿塘[7]？

---

① 枫香：枫树上有香脂，能够散发出香气。　② 锦水：即锦江，流经成都平原。　③ 坠：一本作“堕”。　④“竹云”句：词序有倒，应是“半岭竹云愁”，是说半山中长满竹子，烟云弥漫，叫人望而发愁。⑤ 玉沙：指月光照射下晶莹的沙子。粼(lín)粼：闪闪发光的样子。⑥ 红泪客：《拾遗记》载，民女薛灵芸被迫离家，连日哭泣，泪凝如血。这里用“红泪客”借指某个不忍离蜀的女子。　⑦ 瞿塘：三峡之一，

在今四川重庆奉节县东，是出入四川的水路门户。

翻译

枫树飘香，傍晚花草恬静，
锦江水中，映出南山的倒影。
险石欲坠，野猿哀啼，
半山竹云叫人发愁心惊，
一轮寒月高挂在秋夜的江畔，
照得晶莹的沙粒闪闪发光。
谁家的女子在这里哭泣，
不忍辞别故土，走出瞿塘？

苏小小墓[1]

这首诗通过对苏小小墓地景色所发挥的一系列奇特幻想，塑造了一个美丽而森寒的女鬼形象。开头两句描写她的泪眼。三、四两句伤叹死而为鬼，再无法与她绾结同心。“草如茵”以下八句幻想她的种种服饰用具。末尾两句转虚为实，写墓地的肃杀情景。笔调特别幽冷、寒峭。

① 苏小小：见前《七夕》注。古乐府《苏小小歌》道：“我乘油壁车，郎骑青骢马。何处结同心，西陵松柏下。”又《方舆胜览》载，苏小小墓在浙江省嘉兴市西南。

幽兰露，　　如啼眼。
无物结同心[1]，烟花不堪剪[2]。
草如茵[3]，　松如盖[4]。
风为裳，　　水为佩[5]。
油壁车[6]，　夕相待。
冷翠烛[7]，　劳光彩[8]。
西陵下[9]，　风吹雨[10]。

① 结同心：用花草或别的东西打成连环回文样式的结子，表示爱情坚贞如一。 ② 烟花：此指墓地中艳丽的花。 ③ 茵：垫子。④ 盖：车盖，即车上遮阳防雨的伞盖。 ⑤ 佩：身上佩带的玉饰。⑥ 油壁车：妇人所乘的车，车身以油漆为饰。这句与下句是诗人根据《苏小小歌》中“我乘油壁车”句所作的设想。 ⑦ 冷翠烛：指磷火，俗称鬼火。 ⑧ 劳：不辞劳苦的意思。 ⑨ 西陵：今杭州西泠桥一带。 ⑩ 风吹雨：一作“风雨吹”。

翻译

墓地兰花上凝聚的露珠，
宛如她悲伤的泪眼。
再没有编织同心结的东西，
墓地上的繁花更不堪修剪。
芳草犹如她的席垫，
松树犹如她的车盖。
轻风作为她的衣衫。
碧水作为她的玉佩。
生前乘坐的油壁车，
傍晚时准在一旁等待。
森冷翠绿的磷火，

殷勤相随，闪着光彩。

她走了，在西陵之下，

只有风挟雨，呼呼地吹。

梦天

这是一首梦里登天游月宫的幻想诗，属于古代游仙诗一类。前四句叙述梦入月宫的经过，后四句叙述俯视人间的见闻，气象雄阔，豪纵超脱，充满了浪漫主义色彩。诗中五、六两句展示沧桑巨变，七、八两句表明尘世渺小，含有一定的哲理及对人生的感慨。

老兔寒蟾泣天色①，　**云楼半开壁斜白**②。
玉轮轧露湿团光③，　**鸾佩相逢桂香陌**④。
黄尘清水三山下⑤，　**更变千年如走马**⑥。
遥望齐州九点烟⑦，　**一泓海水杯中泻**⑧。

---

① 老兔寒蟾(chán)：古代传说，月亮中有兔和蟾蜍。月亮古老，想象兔也年老；月中高寒，想象蟾蜍也寒冷。　② 云楼：指月宫。壁斜白：指月光把楼壁照出斜斜发白的一片。　③ 玉轮：指月亮。轧(yà)：辗压。　④ 鸾(luán)佩：佩戴着鸾鸟形状的饰物，借指腰系玉佩的月中仙女。　⑤ 黄尘：指陆地。清水：指海洋。三山：据《神仙传》，海上有三座神山，即蓬莱、方丈、瀛洲。　⑥ 走马：跑马。这两句是说，从天上向下看，只见三山之下，陆地与海洋互相变更、替

代，这种变化在人间要上千年，但在天上看去，却像跑马一样迅速。⑦ 齐州：即中州，指中国。九点烟：中国古代曾划分为九州，这里是说，从天上遥望九州，小得像九点烟尘。 ⑧ 一泓（hóng）：如同说一汪，一片。

翻译

月中老兔寒蟾一阵哭泣，天色一片凄清，
云楼半开，墙壁被月光映照斜斜一片发白。
月如玉轮辗着露水，润湿了它的光团，
在桂花飘香的小路上，遇见仙女腰系鸾佩。
俯视下方，三座神山下，沧海桑田变化替代，
人间千年巨变，像奔马一样快。
远望中州大地，仅见九点烟尘，
海洋一片，也只像倒在地上的一小杯水。

绿章封事[1]为吴道士夜醮作[2]

诗人假托吴道士祭告天帝，奏呈“绿章封事”，驰骋想象，运用巧妙的艺术构思，揭露和控诉了人间的黑暗、灾难与不平。前四句写天宫的清丽景象，反衬人间的黑暗。中间四句写“绿章封事”的内容，诉说人世的灾难。末四句是诗人的感慨和愿望，将“金家”的繁华骄奢与寒士扬雄的穷苦冷寂相对比，控诉人间的不平。末尾两句说“愿携汉戟招书鬼，休令恨骨填蒿里”，尤富于借古讽今的意味。

① 绿章封事：是道家用来上呈天帝的奏章。奏文用朱笔写在绿纸上，装函封口，以密其事，故称。 ② 醮(jiào)：道士所举行的一种迷信仪式，目的在于祭告天帝，祈求消除灾祸。

青霓扣额呼宫神[1]，　鸿龙玉狗开天门[2]。
石榴花发满溪津，　溪女洗花染白云[3]。
绿章封事咨元父[4]，　六街马蹄浩无主[5]。
虚空风气不清冷[6]，　短衣小冠作尘土[7]。
金家香衖千轮鸣[8]，　扬雄秋室无俗声[9]。
愿携汉戟招书鬼[10]，　休令恨骨填蒿里[11]。

① 青霓(ní):绣有云霓的青色道袍,代指道士。扣额:即叩头。扣,同“叩”。 ② 鸿龙玉狗:传说中守天门的神兽。 ③“石榴”二句:设想天门打开之后,道士所望见的情景。 ④ 咨(zī):询问。这里引申为禀告。元父:指天帝。 ⑤ 六街:指长安城。《资治通鉴》胡三省注:“长安城中左右六街。”这句意谓时疫流行,长安城里一片混乱,失了主宰。 ⑥ 清泠(líng):清爽,洁净。 ⑦ 短衣小冠:是普通人的穿戴,与达官贵人所穿长袍大冠相对而言。这里代指一般人。作尘土:死而化为尘土的意思。 ⑧ 金家:指汉代金日磾(mì dī)家。金原是匈奴休屠王太子,武帝时归顺汉朝,当皇帝侍卫近臣数十年,子孙显贵。这里借指唐时显贵人家。衖:同“巷”。千轮鸣:形容宾从甚多。千轮,代指车马。此句与下句对比而言,说富贵人家的骄奢繁华。 ⑨ 扬雄:汉代著名文人,字子云,常闭门著书,生活窘困。曾为黄门郎,执戟宿卫。秋室:指冷落的书屋。俗声:俗间的热闹声。此句说寒士的冷落寂寞。 ⑩ 招书鬼:招扬雄那样的书生的鬼魂。传说招魂时要携带死者生前常用的器物。扬雄曾执戟宿卫,故谓携汉戟。 ⑪ 蒿(hāo)里:古时死人的葬地。

翻译

道士穿着青霓长袍呼请天宫的守护神,

鸿龙和玉狗听见他的声音,打开了天门。

只见石榴花盛开,布满了溪水两岸,

神女采洗石榴花，以涂染天上的白云。

绿章封事呈给天帝，奏文中向他投诉：

长安六条大街马蹄杂沓，失了主宰。

目前空气极不清爽，时疫流行，

一般人染病而死，化为尘埃。

金家所住巷道里香气飘荡，车轮轰鸣，

扬雄的书屋中冷冷清清，没有世俗的热闹声。

但愿拿着汉戟招回那些穷书生的精魂，

别让他们含着怨恨永远埋在乱坟之中。

天上谣

这首诗也属于游仙诗一类。作者神驰天界，凭着丰富奇特的想象，描绘了一幅瑰丽动人而悠闲安适的天上乐园图。头两句写银河上的万千景象；三至十句写天上仙人的种种活动：或采摘桂花，或卷帘看风，或吹笙娱乐，驱龙种草，或游春拾花，悠然游乐；末两句写天仙指看日驭走马，沧海扬尘。

元和一朝，宪宗李纯昏庸奢靡，慕神仙，求长生，常命方士采药炼丹。李贺写这首诗，大概对此有所讽刺。言外之意或许是：天堂虽好，实非生人所能亲至。

天河夜转漂回星①，　银浦流云学水声②。
玉宫桂树花未落③，　仙妾采香垂佩缨④。
秦妃卷帘北窗晓⑤，　窗前植桐青凤小⑥。
王子吹笙鹅管长⑦，　呼龙耕烟种瑶草⑧。
粉霞红绶藕丝裙⑨，　青洲步拾兰苕春⑩。
东指羲和能走马⑪，　海尘新生石山下⑫。

---

① 回星：运转的星星。　② 银浦：即天河。学水声：天河上的行云

像水一样流动，故设想也发出像水一样的响声。 ③ 玉宫：指月宫。 ④ 仙妾：即仙女。缨：丝带。 ⑤ 秦妃：指秦穆公的女儿弄玉，这里借称仙女。据《列仙传》，弄玉嫁给仙人萧史，随凤飞升。 ⑥ 植：倚。青凤小：即“小青凤”，因押韵而倒。 ⑦ 王子：即王子乔，这里借指仙子。据《列仙传》，王子乔为周灵王太子，名晋，善吹笙，后来成仙。鹅管：形如鹅毛的笙管。 ⑧ 种瑶草：种植灵芝一类的仙草。据《十洲记》，方丈洲在东海中心，不欲升天的仙人都群居在这里，耕田种芝草。 ⑨ 粉霞：指粉红色。藕丝：指纯白色。 ⑩ 青洲：指草木茂密的仙洲。兰苕（tiáo）：兰草的茎。 ⑪ 羲和：神话中给太阳驾车的神。这句说仙人俯视人间，只见东方的羲和赶着太阳的车子，驱马急驰。意谓人间时日过得很快，像马跑一般。 ⑫ 海尘：海底扬起的尘土。这句说转瞬间海中石山下又扬起尘土。意谓沧桑多变。

翻译

天河夜间转动，漂浮着回转的繁星，

河上的行云仿佛发出哗哗的水声。

月宫桂树上花儿还没有脱落，

仙女们采摘桂花，垂挂着玉佩丝缨。

清早起床，秦妃卷起帘子，透进晨光，

赏玩栖息在窗前桐树上的小青凤。

王子吹起笙曲——鹅毛般的笙管长又长，

呼唤神龙耕烟云，种瑶草。
仙女们系着粉红绶带，穿着白色丝裙，
到青洲春游，一边漫步，一边采拾兰苕。
俯视下界，只见时日飞逝，快如跑马，
转瞬间，沧海中的尘土又飞扬于石山下。

浩歌[1]

诗人同朋友春游饮宴之后，写了这首诗自行宽解和勉励。认为沧桑易变，人寿有限，应当珍惜光阴，建立功业。暗叹当时没有怜才爱士的人，以男儿当自强鞭策自己。全诗着想奇僻，格调高昂，充满着自强不息的精神。

① 浩歌：犹放歌，大声歌唱。

南风吹山作平地，　　帝遣天吴移海水[1]。
王母桃花千遍红[2]，　　彭祖巫咸几回死[3]？
青毛骢马参差钱[4]，　　娇春杨柳含细烟[5]。
筝人劝我金屈卮[6]，　　神血未凝身问谁[7]？
不须浪饮《丁都护》[8]，　　世上英雄本无主[9]。
买丝绣作平原君[10]，　　有酒唯浇赵州土[11]。
漏催水咽玉蟾蜍[12]，　　卫娘发薄不胜梳[13]。
看见秋眉换新绿[14]，　　二十男儿那刺促[15]？

---

① 天吴：《山海经·海外东经》载，朝阳之谷，神名天吴，为水伯。
② 王母桃花：《汉武内传》载，王母的仙桃树三千年一开花，三千年一

结果。 ③ 彭祖：相传为夏、商之际人，以长寿出名，活至八百余岁。见《列仙传》。巫咸：古代神巫，能知人生死。见《列子·黄帝》。④ 骢马：见前《送沈亚之歌》注。参差（cēn cī）钱：指马的花纹如连钱。参差，长短不齐，这里是交错的意思。 ⑤ 娇春：初春。⑥ 筝人：弹筝的人，指歌妓。屈卮（zhī）：有弯柄的酒杯，形如菜碗。唐宋时筵席上多用这种酒具。 ⑦ 神血未凝：精神气血尚未坚固，谓年轻。问：馈赠，引申为归属的意思。“身问谁”即身子归属于谁，也就是前途怎样的意思。这句诗当是筝人劝勉诗人的话，意谓你年纪还轻，前途未知，应当自爱自强。 ⑧《丁都护》：晋宋间乐府曲名，相传此曲音调哀怨。一说丁都护指姓丁的都护（官名），此人其时与长吉同会，纵饮慷慨，也有不遇知己之叹，故以其官称之，告之以不须浪饮。 ⑨“世上”句：《史记·陈涉世家》：“王侯将相，宁有种乎？”这句诗即取意于此，是说世上的英雄哪有一定的人，只要自强不息，遇有机会，都可以作一番事业。 ⑩ 平原君：战国时赵武灵王之子，名胜，封于平原。喜接纳宾客，达数千人。见《史记·平原君虞卿列传》。 ⑪ 赵州：指赵国旧地。按平原君为赵国人，故称。⑫ 漏：古代计时器。贮满清水，上为铜龙，水从口中吐出；下作蟾蜍，张口承水，流入壶中，以验时刻。此句是说光阴易过。 ⑬ 卫娘：指某个侍候喝酒的女子。 ⑭ 秋眉：花白脱落的眉毛。新绿：此指青春年少。绿：古人用来形容发眉乌黑，如绿鬓。 ⑮ 刺促：这里指受人役使而劳碌不休。

翻译

南风把大山吹成平地，

天帝派天吴移来了海水。

王母的桃花开了上千遍，

长寿的彭祖和巫咸也该死过几回。

坐骑的青骢马花纹如连钱，

初春的杨柳含裹着缕缕云烟。

弹筝美人用金杯劝我饮酒，

谓我年轻，前程未知当自勉。

不须纵酒欣赏那哀怨曲《丁都护》，

要知道世上的英雄本来无定主。

买丝线绣一幅怜才爱士的平原君，

有好酒只拿去浇祭赵州的旧土。

漏刻催逼，水流急急通过玉蟾蜍，

侍酒女子头发稀薄已经不好梳。

眼看着浓黑眉毛转眼变衰白，

二十岁的男子哪能无谓地空劳碌！

秋来

这首诗当是诗人卒前整理自己的诗稿时，疑其不能传世，有感而作。时值秋夜，桐风惊心，感到时光易逝；对残灯，理诗稿，因而想到呕心苦吟，还不知后世是否有人赏识。秋虫啼叫，冷雨唰唰，似乎觉得古诗人的魂灵前来吊慰自己，从而又为他们千百年来含忧结恨于地下鸣不平。运思非常凄苦，意境十分沉郁。

桐风惊心壮士苦[①]，　衰灯络纬啼寒素[②]。
谁看青简一编书[③]，　不遣花虫粉空蠹[④]？
思牵今夜肠应直[⑤]，　雨冷香魂吊书客[⑥]。
秋坟鬼唱鲍家诗[⑦]，　恨血千年土中碧[⑧]。

① 桐风：指吹过梧桐叶的秋风。秋风至则岁月迟暮，故壮士闻而心惊。壮士：诗人自称。　② 络纬：一种小虫，俗称纺织娘，鸣声像纺纱一般，故谓“啼寒素”。寒素：此指寒衣。这句以寒虫的长鸣喻自己的苦吟。　③ 青简：竹简。古人在上面写字，用绳子串编成册，所以说“一编书”。　④ 花虫：蛀书虫。蠹（dù）：蛀蚀。　⑤ 肠应直：曲肠也该愁得变直，形容痛苦之极。　⑥ 香魂：指遭遇险恶而含恨

已死的诗人的灵魂。书客：也是诗人自谓。 ⑦ 鲍家诗：梁时鲍照作有《蒿里行》，用死者口气写对人生的恋慕和对死亡的怨恨。⑧“恨血”句：《庄子·外物》载，苌弘死于蜀，藏其血，三年化为碧玉。

翻译

秋风惊人心，壮士辛苦著作急，
有似昏灯里，纺织娘啼叫着催织寒衣。
日后谁来读我用竹简写下的这编书，
不使它被蠹虫蛀成粉屑和洞隙？
这思想牵扯着，今晚我的肚肠也要愁直了，
雨滴冷飕飕，像有古诗人的灵魂来慰吊。
秋夜坟场上，诗鬼们诵读着鲍氏的诗句，
他们的怨血在土中化作碧玉，千年难消。

帝子歌[1]

这首诗取材于《楚辞·九歌》，描写湘水之神奏乐迎请帝子下降，祈求赐福，但没有迎到，因此水族神物很感失望。诗的风格和情趣，也和《九歌》很相像。屈原借向往神灵来抒发思君爱国的热忱，李贺这首诗的现实用意大致也是如此。

① 帝子：指娥皇、女英。因其为尧帝二女，故称。参见《李凭箜篌引》注。

洞庭明月一千里[1]，　凉风雁啼天在水。
九节菖蒲石上死[2]，　湘神弹琴迎帝子[3]。
山头老桂吹古香[4]，　雌龙怨吟寒水光[5]。
沙浦走鱼白石郎[6]，　闲取真珠掷龙堂[7]。

---

① 洞庭：洞庭湖，在今湖南。　② 菖蒲：见前《大堤曲》注。古诗："石上生菖蒲，一寸八九节。仙人劝我餐，令我好颜色。"　③ 湘神：湘水中原有的众神。以上两句诗意是说，仙草已死，只好去求神。④ 古香：因为桂花老，所以称它的香味也加了一个"古"字。　⑤ 雌龙：因所迎帝子是女神，故龙用雌性。　⑥ 白石郎：传说中的小水

神。古乐府:“白石郎,临江居,前导河伯后从鱼。”这句诗说群鱼追随着白石郎在水边游走。意谓尊神不来,在水边纷纷奔走的只有小水神。 ⑦ 闲取:犹言漫取,不经意地拿出。龙堂:传说中河伯的住处。这里泛指水中。这句诗说姑且拿宝珠向水中抛掷,说明不敢爱惜自己的珍宝,用以表示请求帝子下降赐福的诚意。

翻译

洞庭湖水在明月下荡漾着千里波光,
凉风吹,雁长鸣,碧天浮在湖水上。
石头上生长的九节菖蒲悄悄枯死,
为求赐福,湘神弹琴迎请帝子下降。
山头上的老桂树散发着古朴的清香,
雌龙哀怨地呻吟,湖水泛着寒光。
沙浦上,只见小神白石郎率领群鱼游走,
随意拿一颗一颗宝珠掷向水中的龙堂。

秦王饮酒

这首诗可能为德宗李适而作。德宗未为太子时，曾封为雍王。雍州为秦地，故借秦王以为称。雍王曾以天下兵马元帅衔平定史朝义的叛军，又以关内元帅出镇咸阳，抵御吐蕃，随后祸乱渐平，天下得以安宁。诗中前四句所写，就是这类武功。李适即位之后，却贪图享乐，奢靡无度，过着荒淫的游宴生活。后十一句所写，即为这类内容。辞句侈张、奇诡，颂扬与惋惜之情俱在，亦不无讥诮之意。

秦王骑虎游八极①，　剑光照空天自碧②。
羲和敲日玻璃声③，　劫灰飞尽古今平④。
龙头泻酒邀酒星⑤，　金槽琵琶夜枨枨⑥。
洞庭雨脚来吹笙⑦，　酒酣喝月使倒行⑧。
银云栉栉瑶殿明⑨，　宫门掌事报六更⑩。
花楼玉凤声娇狞⑪，　海绡红文香浅清⑫。
黄娥跌舞千年觥⑬，　仙人烛树蜡烟轻⑭。
青琴醉眼泪泓泓⑮。

① 虎：形容骏马。八极：八方极远之地。这句诗写秦王的威武。 ②“剑光”句：写他的军容壮盛。 ③ 羲和：传说中给太阳赶车的神。诗人想象秦王命令羲和把太阳当锣敲，开道前进，并设想能敲出玻璃似的响声。 ④ 劫灰：劫火的余灰。这里指灾难的余波。劫，佛家用语。大火、大水、大风毁掉一切后，重建世界，叫作一劫。这句说灾难过去，国家统一，天下太平。 ⑤ 龙头：龙形酒壶的壶嘴。酒星：酒旗星，传说主宴会饮食。 ⑥ 金槽：用金装饰的琵琶槽。槽，琵琶上端的弦架。枨(chéng)枨：琵琶声。 ⑦“洞庭”句：形容笙响如同雨点落在洞庭湖上那样繁密。 ⑧“酒酣”句：形容兴会豪壮，呵斥月亮使倒行，欲使良夜变长。 ⑨ 栉(zhì)：梳篦的总称。重言“栉栉”，形容宫殿排列密齐。瑶殿：玉殿，即指宫殿。这句诗是说月夜浮云像白银一样，使整齐的宫殿一片亮堂。 ⑩ 宫门掌事：掌管宫门的官。六更：诸本多作“一更”，今从叶葱奇本。报六更，表示饮宴彻夜。 ⑪ 玉凤：喻指歌女。娇狞(níng)：指声音娇弱乏困。 ⑫ 海绡(xiāo)：传说海中鲛(jiāo)人所织的绡纱，轻薄名贵。这里指舞女们所穿的名贵舞衣。红文：即红纹。 ⑬ 黄娥：穿黄衣衫的舞女。跌舞：犹舞蹈。觥(gōng)：古时的一种酒杯。 ⑭ 仙人烛树：烛台作仙人形，手擎多支蜡烛，像树枝一般。 ⑮ 青琴：古神女名，这里指宫女。泪泓泓(hóng)：犹泪盈盈。

翻译

秦王骑着猛虎般的骏马，巡游八方，
武士们的宝剑照射得天空一片碧光。
命令羲和敲着太阳开道，发出玻璃声响，
劫火的余灰已经散尽，国家太平呈祥。
大壶的龙头倾泻着美酒，请来了酒星，
弦架镶金的琵琶夜间弹得枨枨响。
像落在洞庭湖上的雨点，那是乐人吹笙，
秦王酒兴正浓，喝令月亮退行。
银白色的浮云辉映得整齐的宫殿亮晶晶，
宫门上报时的人已经报了六更。
灯火辉煌的楼上，歌女们的声音娇弱乏困，
绡纱红衣轻轻飘动，散发出淡淡的清芬。
一群黄衣女郎舞蹈着，高举酒杯祝寿歌颂。
仙人形的烛树光芒四射，轻烟蒙蒙，
嫔妃们心满意足，一双双醉眼清泪盈盈。

走马引[1]

这首诗对那些轻生忘死、专事仇杀的侠客进行了揭露和谴责。头两句设为侠客自道，宣扬他的宝剑锋利；三、四两句写他洋洋自得，不可一世；五、六两句揭露他专以杀人为快，不杀人就感到不满意；末两句谴责他只知道拿剑杀人，不知道自己行为的愚蠢可耻。

① 走马引：古乐府诗旧题。《中华古今注》载，《走马引》，樗里牧恭所作。他因报父仇而杀人，逃亡于山谷，夜闻马声，天明见有马迹，觉处境危险，又逃于泽中，故操琴而弹，为天马之声，号《走马引》。此诗为借用旧题而写新事。

我有辞乡剑，　玉锋堪截云[1]。
襄阳走马客[2]，　意气自生春。
朝嫌剑花净[3]，　暮嫌剑光冷。
能持剑向人，　不解持照身。

---

① 玉锋：剑锋雪亮如玉，故称。堪：能。　② 襄阳：今湖北襄阳。二字一本作“长安”。走马客：指侠客。　③ 剑花：指剑刃。

翻译

“我有离家外出所带的宝剑，
白刃锋利得能够切断行云。”
襄阳侠客这样自我标榜，
满面春风，意气洋洋。
早上没杀人，嫌剑刃太干净，
晚上没行凶，嫌剑光太清冷。
只晓得拿着寒剑威胁他人，
不知道用剑光照照自身。

湘妃[1]

这也是一首学习和取材于《楚辞》的诗，写舜与二妃的灵魂在湘水和苍梧山一带飘游往来，湘中山水人物均因此而悲悼愁吟。意境幽冷、缥缈，趣味、格调一似《楚辞》。

① 湘妃：见前《李凭箜篌引》注。

筠竹千年老不死[1]，　长伴神娥盖湘水[2]。
蛮娘吟弄满寒空[3]，　九山静绿泪花红[4]。
离鸾别凤烟梧中[5]，　巫云蜀雨遥相通[6]。
幽愁秋气上青枫，　凉夜波间吟古龙[7]。

---

① 筠(yún)竹：即斑竹。　② 神娥：指传说中舜之二妃。王琦本作“秦娥”，此依叶葱奇本据旧注改。　③ 蛮娘：指湘中村女。　④ 九山：即九疑山，又称苍梧山，在今湖南省宁远县南。相传舜葬于此。⑤ 离鸾别凤：指舜与二妃。舜葬于苍梧，二妃死于湘水。死时不相见，死后未从葬，故称离别。　⑥ 巫云蜀雨：借指神灵往来。典出宋玉《高唐赋》。　⑦ 吟古龙：即古龙吟。古人称龙啸为吟。

翻译

千年老斑竹不曾枯死，
长期伴同湘妃，荫盖着湘水。
村女们悼念湘妃，歌声响彻寒空，
九疑山寂静的花草被泪血染红。
生离死别的鸾凤被阻隔在烟蒙蒙的苍梧山中，
他们的灵魂像巫云蜀雨，遥望相通。
幽暗愁闷的秋气笼罩在青翠的枫树上，
凄冷的夜里，传来水中老龙的啸声。

南园十三首(选六)

这是诗人在家乡的南园闲居时所写的一组杂诗,或写景,或抒情。这里选译其中六首。

其一

这首诗用优美的比喻、巧妙的联想,描写春花的娇艳和凋落,表达了对美人迟暮、容华易谢的慨叹。

花枝草蔓眼中开[①]**,　小白长红越女腮**[②]**。**
可怜日暮嫣香落[③]**,　嫁与春风不用媒**[④]**。**

---

① 花枝:指木本的花。草蔓:指蔓生的草本花。　② 小白长红:指花有小有大,颜色各种各样。越女:习称春秋时越国的美女西施。这里泛指美女。　③ 嫣(yān)香:娇艳芳香,指花。　④“嫁与”句:比喻落花随着春风飘去。

翻译

枝头上,草蔓中,眼前百花盛开,

有大有小，有白有红，恰如美女的香腮。
可惜到了黄昏，娇艳芳香的花儿凋零，
随着春风乱飞，像草草嫁出的女儿连媒人也不用。

其四

李贺二十多岁时，朝廷连年征讨，藩镇武将气焰嚣张，参加幕府的文人也往往致身通显，一时形成轻文尚武的风气。这首诗表达了诗人意欲投笔从戎、建立功业的想法。前两句感叹自己正当年轻有为时期，却寂处乡间，以蔬菜充饥。后两句说乡间老父相怜念，也以兵书为赠，劝他从军奋迹。

三十未有二十余，　白日长饥小甲蔬[1]。
桥头长老相哀念，　因遗戎韬一卷书[2]。

---

① 小甲蔬：蔬菜初生时，外层的皮叫莩（fú）甲。莩甲小的菜就是菜芽。这里泛指蔬菜。　②“桥头”二句：长老，老人。遗（wèi），赠送。戎韬（tāo），指兵书。《史记・留侯世家》载，张良在下邳（今江苏邳州东）桥头上遇到一位老人，送给他一部《太公兵法》。后来张良以此协助汉高祖统一天下。诗人李贺或许正好遇到了与此相类似的事情，故作诗叙及，有自许胸藏韬略之意。

翻译

我虽然三十不到，但已二十有余，
常日受饥饿，靠吃蔬菜充肠肚。
有一位桥头老人对我怜念，
赠给我讲军家韬略的一卷兵书。

其五

这首诗的写作背景跟上一首相同。诗人希望有机会投笔从戎，参加削藩平叛战斗，为统一国家建立功勋。诗中流露了尚武轻文的倾向。

男儿何不带吴钩①，　收取关山五十州②？
请君暂上凌烟阁③，　若个书生万户侯④？

---

① 吴钩：古代吴地出产的一种弯刀。这里泛指宝刀。　② 关山五十州：指当时被藩镇割据的州郡。《资治通鉴》卷二百三十八载，元和七年（812），宰相李绛说，当时黄河南北有五十多个州不受中央政令的制约。　③ 凌烟阁：封建王朝为表彰功臣而修建的高阁。贞观十七年（643），唐太宗李世民把二十四名功臣的画像悬在凌烟阁，并亲自一一题上赞语，以资表彰。　④ 若个：哪个。万户侯：食邑万户的列侯。

翻译

男子汉为什么不带上锋利的吴钩，

去收复那黄河南北割据的五十州？

请您登上表彰功臣的凌云阁看一看，

有哪个读书人能被册封为万户侯？

其七

这首诗借西汉著名文人司马相如和东方朔不被重用的遭遇，说明做一个文人没有什么希望，因而决心买剑学武。

长卿牢落悲空舍①，　**曼倩诙谐取自容**②。

见买若耶溪水剑③，　**明朝归去事猿公**④。

---

① 长卿：见前《咏怀》注。牢落：落魄，不得志。　② 曼倩（qiàn）：东方朔的字。东方朔事汉武帝，以幽默滑稽著称。　③ 见：表示拟议。若耶溪：在今浙江绍兴东南，相传这里古时曾出名剑。　④ 猿公：传说中善于击剑的人。见《吴越春秋·勾践阴谋外传》。

翻译

司马长卿不得志，住在空房子里悲吟，
东方朔侍奉汉武帝，靠幽默滑稽换取宽容。
看来应该买把若耶溪所出的宝剑，
明日回去拜个猿公那样的师傅练习武功。

其十

诗人曾得到韩愈的推重与相助，但仍不得志。这首诗反映了他的抑郁心情，无心苦吟，打算写字消遣，年老时做一个渔翁了事。

边让今朝忆蔡邕[1]，　无心裁曲卧春风[2]。
舍南有竹堪书字，　老去溪头作钓翁。

---

① 边让：后汉人，有才辩，能为文。议郎蔡邕很敬重他，荐于朝廷，但没得到任用。此句以边、蔡的关系比喻自己与韩愈的关系，是说想到韩愈声望那么高，都帮不了忙，看来仕进没有希望了。　② 裁曲：指制曲作诗。

翻译

我这今日的边让想起奖进贤能的蔡邕，
无心制曲吟诗，只好闲卧春风中。
舍南有片竹林，削成青简倒可以写字，
到老年时，索性在溪边做个钓鱼翁。

其十三

这首五言律诗总括性地描写了暮春时节南园周围从早到晚的各种景色。在清新和恬适之中，也透露了诗人感伤、忧闷的心迹。

小树开朝径[1]，　长茸湿夜烟[2]。
柳花惊雪浦，　麦雨涨溪田。
古刹疏钟度[3]，　遥岚破月悬[4]。
沙头敲石火[5]，　烧竹照渔船。

---

① 朝(zhāo)：表示朝辉、晨光。这句是说在晨光中，树丛中的小路渐渐开朗。　② 茸(róng)：花草嫩茂的样子。　③ 古刹(chà)：古寺庙。度：由此达彼。这里指钟声传播。　④ 岚(lán)：山头水蒸气。

破月：指农历后半月的残月。 ⑤ 敲石火：古人往往敲石取火。

翻译

树丛里的小路在晨光中渐渐开朗，
细嫩的杂草夜来被烟雾湿染。
柳絮落满河边，令人惊奇，以为是雪，
一场春雨，使水涨满了溪边的麦田。
古庙里远远传来稀疏的钟声，
山头云气中一弯缺月高悬。
到了晚上，渔人们在岸边敲石取火，
点燃竹子，火光映照着渔船。

金铜仙人辞汉歌并序

金铜仙人是汉武帝刘彻在京城长安铸造的一个仙人铜像，“高二十丈，大十围”，手托巨盘，以承接天上的甘露。武帝用甘露和着玉屑服食，以求长生。魏明帝为求长生不老，下诏把金铜仙人搬往魏国京都洛阳。相传搬迁时铜人泪流不止。这首诗大概是李贺辞去奉礼郎小官离京赴洛时所写。仕途失意，朝政腐败，瞻望前途，百感交集。诗人于是借铜人辞汉的传说来吊古伤今，抒发忧时愤世的情思。拟人化的艺术手法，奇异的想象，还有精彩的语言，使这首诗作充满了浪漫主义色彩，成为作者咏史诗中的名篇。其中“天若有情天亦老”的浩叹，表达了一种极为深沉的情感，是被前人誉为“奇绝无对”（司马光语）的名句。

魏明帝青龙九年八月①，诏宫官辖车西取汉孝武捧露盘仙人②，欲立置前殿。宫官既拆盘，仙人临载，乃潸然泪下③。唐诸王孙李长吉遂作《金铜仙人辞汉歌》④。

茂陵刘郎秋风客⑤，　夜闻马嘶晓无迹⑥。

画栏桂树悬秋香[7]，　三十六宫土花碧[8]。

魏官辖车指千里[9]，　东关酸风射眸子[10]。

空将汉月出宫门[11]，　忆君清泪如铅水[12]。

衰兰送客咸阳道[13]，　天若有情天亦老。

携盘独出月荒凉[14]，　渭城已远波声小[15]。

---

① 魏明帝：名曹叡（ruì），曹操之孙。青龙九年：一作“青龙元年”。据《魏略》记载，其事发生在景初元年，即公元237年。　② 宫官：指宦官。辖：车轴头。这里是驾驶的意思。各本多作“牵”字，今依叶葱奇《李贺诗集》从《弹雅》改正。汉孝武：汉武帝刘彻。　③ 潸（shān）然：流泪的样子。　④ 唐诸王孙：李贺是唐大郑王李亮（唐高祖李渊的叔父）的后代，所以自称“诸王孙”。　⑤ 茂陵：汉武帝刘彻的陵墓，在今陕西兴平。刘郎：指汉武帝。秋风客：汉武帝曾写过《秋风辞》，结尾说：“欢乐极兮哀情多，少壮几时兮奈老何？”感叹欢乐不长，人生短暂。此处比喻汉武帝如秋风中的过客，匆匆而去。⑥ 夜闻马嘶：夜间听到汉武帝神灵活动时的马叫声。见《太平御览》卷八十八所引《汉武故事》。　⑦ 秋香：指桂花的芳香。一说应作“枯香”。　⑧ 三十六宫：汉张衡《西京赋》有“离宫别馆，三十六所”语，这里泛指汉京都长安的宫殿。土花：苔藓。　⑨ 指千里：谓把金铜仙人运往千里之外的洛阳。指，向，往。　⑩ 东关：指长安城东门外。酸风：使人凄酸落泪的风。眸（móu）子：瞳人，代指眼睛。⑪ 将：与，伴随。汉月：汉时的月亮。铜人为汉代所造，月亮一直与

它朝夕相伴，故称汉月。 ⑫ 君：指汉武帝。铅水：比喻铜人所落的眼泪，含有心情沉重的意思。 ⑬ 客：指金铜仙人。咸阳道：指由长安东去的大道。咸阳是秦国京城，在长安西北，这里借指长安。 ⑭ 独出：一说应作“独去”。 ⑮ 渭城：汉代改秦都城咸阳为渭城，这里指长安。波声：指渭水的波涛声。渭城在渭水北岸。

翻译

茂陵里埋葬的刘郎，
好像秋风过客匆匆而逝；
夜里曾听到他的神马嘶鸣，
天亮却杳无踪迹。
画栏旁边的棵棵桂树，
依然散发着深秋的浓郁香气。
长安城的三十六宫，
如今却是一片苔藓碧绿。
魏朝官员驱车载运铜人，
直向那千里以外的异地。
刚刚走出长安东门，
令人凄酸的寒风直射铜人的眼珠里。
只有那朝夕相处的汉时明月，
伴随铜人走出宫邸。
怀念起往日的君主，

他不禁流出了如铅水一样的泪滴。

枯衰的兰草为远客送别，

在那通向咸阳的古道。

上天如果有感情，

也会因悲伤而变得衰老。

手擎巨盘独自远离，

月光下一片荒凉。

眼看着长安渐已遥远，

渭水的波涛声也越来越小。

古悠悠行

悠悠，久远不尽之意。这首诗讽刺唐宪宗好神仙，求长生，不明白时光无尽而人生有限的道理。诗人以“海沙变石”及秦始皇的石桥与汉武帝的铜柱也难以久存为例，说明世间没有经久不变的事物，血肉之躯岂能永生。

白景归西山[①]，　**碧华上迢迢**[②]。
今古何处尽[③]，　**千岁随风飘**[④]。
海沙变成石[⑤]，　**鱼沫吹秦桥**[⑥]。
空光远流浪[⑦]，　**铜柱从年消**[⑧]。

① 白景：指太阳。 ② 碧华：指月亮。迢迢：高远的样子，这里指天空。以上两句是说白天与黑夜在不断地交替着。 ③ 今古：从古到今。 ④ 千岁：极言时光的漫长。 ⑤“海沙”句：海里的沙粒变成了石块，意思说年代久远，自然界变化巨大。 ⑥ 秦桥：传说秦始皇为了入海求仙，在青城山边筑石桥，入海三十里。此句说秦始皇所造的石桥，已不复存在，只有鱼儿在那里嬉游，吹着泡沫。 ⑦“空

光"句：是说时光像滔滔的流水一样奔腾远去。 ⑧ 铜柱：汉武帝为求长生不老而铸造的金铜仙人，远看如铜柱，故称。

翻译

太阳天天落下西山，
月亮夜夜升上高天。
古往今来哪儿有尽头，
千年的时光随风飘散。
海中的沙粒慢慢变成岩石，
如今的秦桥只见鱼儿吹沫戏玩。
时光像流水不断逝去，
汉武帝的铜柱也随着岁月更移早已不在人间。

黄头郎

据“五行”理论，土胜水，其色黄，所以撑船的人都戴黄帽，号为“黄头郎”。这首诗所写的黄头郎，从其身份和家庭状况来看，当是指管理船运的小官。这类官员同船队一起外出，所以夫妻经常分离。诗中所写，就是一位船运管理官员的妻子对外出丈夫的思念。“南浦芙蓉影，愁红独自垂”，写的是荷花般艳美而又孤独的思妇。“竹啼山露月”“石云湿黄葛”“沙上蘼芜花”等句，渲染了一个幽静的环境，较好地衬托了思妇的怨思之情。

黄头郎，　　　　捞拢去不归[①]。
南浦芙蓉影[②]，　愁红独自垂[③]。
水弄湘娥佩[④]，　竹啼山露月。
玉瑟调《青门》[⑤]，石云湿黄葛[⑥]。
沙上蘼芜花[⑦]，　秋风已先发。
好持扫罗荐[⑧]，　香出鸳鸯热[⑨]。

---

① 捞拢：摇船荡桨。　② 南浦：南面的水边。古人送别之地的习称，语本屈原《九歌·河伯》：“送美人兮南浦。”芙蓉影：明言荷花，暗

喻临浦送别少妇的艳美姿容。 ③ 愁红：被风雨摧残的花，喻指女子的愁容。 ④ 湘娥：见前《李凭箜篌引》注。佩：系在腰间的玉饰。⑤ 青门：曲调名。 ⑥ 石云：古人认为云气萌生于山石中，所以称石为“云根”，云为“石云”。黄葛：开黄花的葛草，蔓生植物。 ⑦ 蘼(mí)芜：香草名，七、八月间开白花。 ⑧ 罗荐：用丝罗做的垫褥。⑨ 鸳鸯：指鸳鸯形的薰香炉。这两句是说思妇拂拭罗褥，薰香床帐，静待着丈夫的归来。

翻译

黄头郎，

摇船外出，久久未归还。

一个荷花般的身影在南面的水边，

独自伫立，愁容满面。

流水潺潺，像拨弄着湘娥的佩环，

竹啼生露，月光布满山涧。

轻拂玉瑟，弹起《青门》曲，

山间的云露把黄色的葛花湿染。

白色的蘼芜花开满了沙滩，

早来的秋风预告着丈夫即将回返。

为迎接亲人，铺扫罗锦褥垫，

还急急忙忙把鸳鸯炉里的薰香点燃。

马诗二十三首（选十二）

《马诗二十三首》是一组咏马诗，通过对马和与马有关的许多历史故事的咏叹，表现了英杰异士的抱负和愿望，抒发了怀才不遇的感叹与愤慨。合观组诗，浑然天成，紧紧围绕着主旋律弹奏；分而观之，每首又各有侧重而自成一体。这里选译其中十二首。

其一

这首诗，作者以龙脊银蹄的骏马自比，慨叹没有赏识、爱惜良马的人，借以抒发自己不能施展抱负的抑郁和愤懑。

龙脊贴连钱①，　银蹄白踏烟②，
无人织锦韂③，　谁为铸金鞭④？

---

① 龙：这里指骏马。参见前《送沈亚之歌》注。连钱：形容毛色斑点状如连接的铜钱。　②“银蹄”句：是说骏马挥动银白色的蹄子，看去一片白色，好似踏着烟雾飞奔。　③ 韂（chàn）：也叫障泥，垂覆在马腹两侧用以遮挡泥土的布帘。　④ 金鞭：以金为饰的马鞭。使用金鞭显示着对马的宠爱。

翻译

龙马脊毛像铜钱连接的图案，
银蹄飞驰，一片白色，宛如踏着云烟。
可是没有人为它编织锦绣的鞍垫，
又有谁肯为它铸造饰金的长鞭？

其二

这首诗写寒冬腊月，骏马无草可食，准备到大雪覆盖的土里寻掘草根，就是碰到刺口的蒺藜，也打算把它吞食，借以抒写有志之士的困顿遭遇和倔强性格。

腊月草根甜[①]**，　天街雪似盐**[②]**。**
未知口硬软，　先拟蒺藜衔[③]**。**

---

① 腊月：农历十二月。 ② 天街：京城里的街道。雪似盐：语本《世说新语·言语》"公（谢安）欣然曰：'白雪纷纷何所似？'兄子胡儿曰：'撒盐空中差可拟。'" ③ 蒺藜：植物名，实有刺。

翻译

腊月里草根发甜，
京城街上白雪如盐。
不晓得自己的嘴是硬是软，
就是碰到蒺藜也打算嚼嚼那刺尖。

其四

诗人在政治上受到挫折，贫病交加，然而壮志不灭。在这首诗里，他用良马的瘦骨挺硬，来比喻自己坚贞的品质和不屈的精神。这也是对当时有志之士坚强性格的赞歌。“向前敲瘦骨，犹自带铜声”一句，以声写形，以声状质，格外生动传神。

此马非凡马，　房星是本星[1]。
向前敲瘦骨[2]，　**犹自带铜声**[3]。

---

① 房星：星宿名，二十八宿之一，也称天驷、天马。古人认为良马上应房星。《瑞应图》：“马为房星之精。”是本星：一本作“本是星”。
② 瘦骨：据说良马大多瘦骏。杜甫《房兵曹胡马》诗：“胡马大宛名，锋棱瘦骨成。”但李诗也含有良马遭际不幸，因而困苦穷瘦之意。
③ “铜声”句：形容良马骏骨坚劲，犹如铁打铜铸。汉代有铜马，也称

天马。《文选》张衡《东京赋》:"天马半汉。"李善注:"天马,铜马也。"或为李诗所本。

翻译

这匹马可不是人间的凡马,
它原是天上那房星的精灵。
到跟前敲敲它瘦劲的骨骼,
还会发出那铜一般铮铮的响声!

其五

作者在这首诗中以骏马自况,赞颂其若遇知己定当一展雄才的远大抱负。但从"何当"一句来看,仍微微透露出怀才不遇的隐忧。这首诗语言明快,风格健爽,与作者以悲怆、冷峻为主的诗风不同,而显得别具一格。

大漠沙如雪①,　**燕山月似钩**②。
何当金络脑③,　**快走踏清秋**④。

---

① 大漠:指蒙古高原一带的广大沙漠地区。　② 燕山:指燕然山,即今蒙古人民共和国境内的杭爱山。汉代大将军窦宪曾追逐匈奴

到此，刻石记功而还。此处暗示要像窦宪那样在边境建功立业。③ 金络脑：饰金的马笼头。这里喻指得到赏识、重用。 ④ 清秋：天高气爽的秋季。我国古代西北部匈奴统治者常在草深马肥的秋天入侵内地。

翻译

广漠的沙海，如白雪茫茫，
弯月如钩，高挂在燕然山上。
骏马何时能套上镶金的笼头，
冲锋陷阵，飞驰在那深秋的战场！

其八

这首诗用猛将骑良骏、蛮儿乘劣马作对比，说明俊杰之士定要遇上英主才能为用，对“大用无人，小才得意”（方扶南批注）的现状表示了极大的愤慨，对趋炎附势、无德无才的“果下马”般的庸才进行了嘲讽。

赤兔无人用[①]**，　当须吕布骑**[②]**。**
吾闻果下马[③]**，　羁策任蛮儿**[④]**。**

① 赤兔：骏马名，吕布的坐骑。当时有“人中有吕布，马中有赤兔”之语。 ② 吕布：字奉先，东汉末年人。善弓马，膂力过人，时号“飞将”。 ③ 果下马：一种非常矮小的马，乘之可行于果树之下，故名。④ 羁（jī）策：驾驭、驱使之意。蛮儿：古代对南方少数民族的蔑称。

翻译

骏马赤兔，没有人来乘用，
只有猛将吕布，才能把它跨骑。
我听说，那矮小的果下马，
才肯俯首听命，任凭蛮儿驾驭。

其九

这首诗化用飂叔养龙的典故，斥责当时的统治者摈弃、残害贤才，表现了作者的愤慨不平和对英才埋没的痛惜心情。

飂叔去匆匆， 如今不豢龙[①]。
夜来霜压栈[②]， 骏骨折西风[③]。

① 飂(liù)叔：相传是飂国国君飂叔安的后代，名董父，善于养龙。见《左传·昭公二十九年》。豢(huàn)：饲养。龙：指骏马。这两句说重视才骏的人已经离去，当今不爱惜人才。 ② 栈(zhàn)：马棚。③ 骏骨：骏马之骨。这两句比喻统治者对贤才的残害。

翻译

养龙能手飂叔匆匆逝去永不返，
如今再无人培养重用英贤。
寒夜里霜雪把马棚压坍，
西风中骏马的脊骨已被折断。

其十

这首诗设想乌骓马被项羽送给亭长后，亭长载马急急渡江而去，接着以马的口吻说，项王今天自刎以后，我想再找一位这样的英雄共同驰骋疆场，已经不可能了。表达才士痛失英主、无可依托之慨。这是骏马的悲哀，俊才的悲哀，当然也是李贺自身的悲哀。

催榜渡乌江①， **神骓泣向风**②。

君王今解剑[③]，　何处逐英雄[④]！

---

① 榜：船桨。乌江：在今安徽和县东北。项羽自刎于此。　② 神骓：神奇的乌骓马，项羽的坐骑。骓，毛色黑白相杂的马。据《史记·项羽本纪》载，项羽骏马名骓，常骑之。项羽被围，突围后至乌江，乌江亭长停船相待，欲渡项羽过江重整旗鼓，项羽谢绝，乃以乌骓送亭长，自刎而死。　③ 君王：摹拟乌骓马的口吻尊称项羽。解剑：指解剑自刎。　④ 逐：寻求，追随。

翻译

亭长载着骏马，急忙划桨横渡乌江，

神马乌骓在悲泣，向着寒风：

君王今天已解剑自刎身死，

我到哪里再去寻找盖世英雄！

其十二

这首诗描写一匹幼马头角未露，但已显示英姿，表明它将来一定会驰骋疆场，协助将军建功立业。诗人以幼马自比，抒发其志向的远大和抱负的不凡。

批竹初攒耳[1]，　桃花未上身[2]。

他时须搅阵[3]，　牵去借将军[4]。

---

① 批竹：比喻马的耳朵如削尖的竹子。据《齐民要术》，良马的耳朵大多状如尖竹。攒（cuán）耳：谓双耳聚拢向上。　② 桃花：马的毛色状如桃花斑点。据《尔雅·释畜》郭璞注，黄白杂毛之马，称作桃花马，也是一种良马。　③ 搅阵：冲锋陷阵。　④ 借：帮助。

翻译

额上刚刚挺聚出削竹般的双耳，
身上还没露出鲜明的桃花斑纹。
但有朝一日需要冲锋陷阵，
把它牵去，定能助将军建立功勋！

其十五

这首诗说明有奇才异能的人，不遇明主，则无法施展其才能和抱负；一旦被明主赏识重用，定能从草野中跃出，为国家干一番惊人的事业。

不从桓公猎[1]，　何能伏虎威[2]？

一朝沟陇出[3]，　看取拂云飞[4]。

① 桓公：春秋时齐国国君，当时有名的霸主。 ② 伏虎威：据《管子·小问》载，齐桓公有一次骑马出猎，有只老虎看到后吓得躲藏起来。桓公问这是为什么，管仲说：这匹马像驳（bó），驳食虎豹，所以老虎吓得疑惧不前。 ③ 一朝：一旦，将来有一天。沟陇：山沟野地，喻指处在低下的地位。 ④ 看取：看到。拂云：掠云。

翻译

若不是随从齐桓公出猎，
怎能显示驳马的伏虎之威？
一旦跃出那荒僻的山沟坎陇，
定能看到它掠云腾飞。

其十六

这首诗写骏马“拳毛䯄”归属了英主唐太宗，方显出了非凡的本领，以马喻人，企盼自己也能得到明主重用。倘被委以重任，必不嫌负担沉重，要尽力发挥出自己奔驰如飞的奇才异能。

唐剑斩隋公[①]， **拳毛属太宗**[②]。
莫嫌金甲重[③]， **且去捉飘风**[④]。

① 唐剑:唐朝的宝剑,喻指灭隋战争中以李世民为首的军事武装。隋公:原是隋文帝杨坚在北周时的爵号,这里代指骑过骏马“拳马䯄”的隋朝高级将领。 ② 拳毛:指拳毛䯄(guā),唐太宗李世民在灭隋战争中所获的骏马,著名的“昭陵六骏”之一。 ③ 金甲:指披在战马身上的铠甲。 ④ 飘风:迅疾的旋风。

翻译

李唐将领挥剑斩了隋朝的大公,
骏马拳马䯄归属英主唐太宗。
不要嫌自己披挂的铠甲沉重,
飞驰时可以追捕那迅疾的旋风。

其十八

这首诗说,有匹生着旋毛的千里马,庸人们竟认不出,乃克减草料,虐待备至,致使它缺食少力;善相马的伯乐向前一看,才认出是匹骏马。诗人以倍受摧折的千里马作比,表现了对良才受压抑和虐待的愤慨。

伯乐向前看[①],　**旋毛在腹间**[②]。

只今掊白草[3]，　何日蓦青山[4]！

---

① 伯乐：相传为春秋秦穆公时人，以善相马著称。 ② 旋毛：拳曲的马毛。传说伯乐相马，以“旋毛在腹下如乳者”为千里马。 ③ 只今：如今。掊（póu）：克减，克扣。白草：牛马爱吃的一种草，似莠而细，无芒，干熟时变白。 ④ 蓦（mò）：超越，跨越。末两句可以理解为伯乐慨叹的话。

翻译

伯乐走到这匹马的跟前一看，
正是匹骏马，旋毛生在腹肚间。
而今却扣减它的草料，
何年何月它才能飞越青山！

其二十三

这首诗写汉武帝迷信方士，寻求天马，结果得到的只不过是紫烟、肉马，求仙不成，升天无望。实则讽刺唐宪宗轻信方士以求长生不死，致使庸人得宠，贤士不为所用。作者将这首诗放在组诗之末，更显得余味无穷，启人深思。

武帝爱神仙[1]，　烧金得紫烟[2]。

厩中皆肉马[3]，　不解上青天。

---

① 武帝：汉武帝刘彻。《汉武内传》载，武帝即位，好神仙之道。

② 烧金：谓烧炼金石药物成丹，迷信者认为服之可以长生不老。

③ 厩（jiù）：马棚。肉马：痴肥的马，凡庸的马。

翻译

汉武帝祈求长生，迷恋神仙，

让方士烧金炼丹，只得到一缕轻烟。

御马棚里饲养的全是痴肥的凡马，

这种马啊，又怎能懂得驰上蓝天？

老夫采玉歌

在这首诗里，作者以生动具体的艺术笔触，展现了一幅悲惨凄苦、感人至深的老夫采玉图。采玉工忍饥受寒，冒着生命危险在深溪绝涧中采玉，有多少人惨死水中！“蓝溪之水厌生人，身死千年恨溪水”，道出了他们无处申诉的冤恨！较李贺早的诗人韦应物写过一首《采玉行》的诗，说：“官府征白丁，言采蓝溪玉。绝岭夜无人，深榛雨中宿。独妇饷粮还，哀哀舍南哭。”可知那些采玉工是被官府强行征派去的。二诗可以相互参看。虽写同样内容，但李诗用笔更锋利，含意更深刻，描写也更具体形象，深沉动人。

采玉采玉须水碧①，　琢作步摇徒好色②。
老夫饥寒龙为愁③，　蓝溪水气无清白④。
夜雨冈头食蓁子⑤，　杜鹃口血老夫泪⑥。
蓝溪之水厌生人⑦，　身死千年恨溪水⑧。
斜山柏风雨如啸⑨，　泉脚挂绳青袅袅⑩。
村寒白屋念娇婴⑪，　古台石磴悬肠草⑫。

① 水碧：即碧玉，其色青碧，从溪底水中采出。 ② 步摇：古代贵族妇女的一种首饰，上面用金银丝穿绕珠玉，作花枝形，戴上后随步摇动，故名。好色：使容颜美好。色，指女色，女容。 ③ 龙为愁：因采玉而搅浑溪水，水中龙也为这种骚扰而烦愁。 ④ 蓝溪：水名，在今陕西蓝田县蓝田山下，以产碧玉著称。无清白：指蓝溪水被翻搅得浑浊不堪。 ⑤ 蓁（zhēn）子：即榛子，山中野果。 ⑥ 杜鹃口血：杜鹃啼声凄哀，传说它鸣叫时口中带血。这里用以比喻采玉老人的血泪，极写其愁苦不堪。 ⑦ 厌：通“餍”（yàn），饱食、吞噬之意。因采玉工常常溺死水中，故言。一说指厌恶。因采玉工溺死者甚多，所以溪水对活人也感到厌恶。 ⑧ 恨溪水：溪水常夺去采玉工的生命，所以受到溺死者魂魄的憎恨。这是一种指责社会现实的含蓄说法。 ⑨ 斜山：陡斜的山坡。 ⑩ 泉脚：泉水流泻处。一说指溪水深处。挂绳：沿着峭壁垂挂下来的绳子，系在采玉工身上，以防人被急流冲走。袅（niǎo）袅：绳子摇摆不定的样子。 ⑪ 白屋：穷苦人住的茅草屋。娇婴：娇小的婴儿。 ⑫ 古台石磴（dèng）：年久失修的台阶石级。指山上供登走的道路。悬肠草：离别草，又名思子蔓。这两句写采玉老人看到古台石阶旁的思子蔓，禁不住想起家中娇弱的儿女。含有倘若自己生命发生危险，儿女将何依靠的意思。

翻译

不断地采玉呀采玉，
要采那珍贵的水碧。
不过是为了雕成步摇，
替贵妇们装扮容姿。
老汉饥寒交迫来采玉，
闹腾得水中的蛟龙也愁戚——
碧蓝的蓝溪水啊，
已被翻搅成一片浊水污泥。
夜黑雨狂的山冈上，
老汉只好用榛子充饥。
杜鹃声声哀怨啼血，
恰像老汉悲伤的泪滴。
又深又险的蓝溪水啊，
把多少采玉工人活活吞食，
葬身水中的冤魂啊，
纵然过了千年仍怨恨蓝溪。
又陡又斜的山坡上，
柏树呼啸，风狂雨急。
老汉腰系绳索荡悠悠，
从山脚直垂到蓝溪底。

心里挂念着寒村茅舍里，
娇儿弱女在嗷嗷哭啼。
看着山崖石级上的离别草啊，
老汉的心悬吊着，悲戚无已。

黄家洞

唐代称西原（今广西扶绥一带）的少数民族为“西原蛮”，其中居住在黄橙洞的一个黄姓的分支，被称作“黄洞蛮”。据《新唐书·西原蛮传》记载，“黄洞蛮”和其他“西原蛮”由于不堪官府的苛扰，在黄乾曜、黄少卿等领导下，曾多次起兵反抗。这首诗描述的就是黄家洞人集队自卫反抗官军的情景。诗人以深切的同情和热烈赞赏的口吻描绘了他们轻捷机敏、骁勇善战而又从容自若的感人形象。结尾二句“闲驱竹马缓归家，官军自杀容州槎”两相对比，无情地揭露了官军的残暴，更有画龙点睛之妙。诗人在那个时代，能写出这样同情和赞扬少数民族反抗官府压迫的诗篇，是难能可贵的。

雀步蹙沙声促促[①]，　四尺角弓青石镞[②]。
黑幡三点铜鼓鸣[③]，　高作猿啼摇箭箙[④]。
彩巾缠踍幅半斜[⑤]，　溪头簇队映葛花[⑥]。
山潭晚雾吟白鼍[⑦]，　竹蛇飞蠹射金沙[⑧]。
闲驱竹马缓归家[⑨]，　官军自杀容州槎[⑩]。

① 雀步：形容步伐轻捷，如雀跳跃。蹙（cù）：同“蹴”，踏踩的意思。促促：在沙上行走的脚步声。 ② 角弓：用兽角镶嵌的硬弓。青石镞（zú）：用青石磨制的箭头。 ③ 幡（fān）：一种窄长的旗帜，垂直悬挂。三点：犹三挥，即挥动三次。铜鼓：古代南方少数民族用铜铸成大鼓，聚集或征战时敲击为号。 ④ 高作猿啼：猿啼叫声高亢而悠远，这里形容黄家洞队伍群情振奋，呼喊声高昂。箭箙（fú）：用竹木或兽皮等做成的盛箭器具。 ⑤ 彩巾缠踍：用彩带缠在脚胫上，即打绑腿。踍：字书无此字，当作“骹”（qiāo），指小腿。幅半斜：绑腿打成斜折形状。 ⑥ 簇队：聚集在一起，排成队伍。葛：豆科植物，夏季开花，花冠蝶形，紫色。 ⑦ 白鼍（tuó）：鳄鱼的一种，俗名猪婆龙，据说夜晚常吼鸣。 ⑧ 竹蛇，又名“竹根蛇”，皮色与竹相似，有剧毒。飞蠹（dù）：一种毒虫。王琦注认为可能是“飞蛊”之误。射金沙：古代传说有种居住在水中的动物叫“蜮”，常含沙以射人，被射者皮肤生疮，被射中人影者也要生病。 ⑨“闲驱”句：是说他们又打了胜仗，闲骑着竹马如玩耍般地从容归去。 ⑩ 容州：唐代州名，在今广西壮族自治区北流、容县一带，是官军辖地。槎（chá）：指老百姓，是当时土著方言。这句是说官兵无法取胜，却屠杀容州的老百姓，充作杀敌的数字，虚报战功。

翻译

像雀儿跳跃，促促地踩着黄沙上战场，

青石磨制的箭头，饰有兽角的硬弓四尺长。

黑旗三挥，铜鼓擂得震天响，

高声呐喊如猿啼，还用力摇动着箭囊。

彩带缠在小腿上，打成斜折状，

彩衣缤纷的队伍与葛花相映，排列在溪旁。

夜雾笼罩的山潭里，白鼍的吼声令人胆丧，

竹蛇飞蠹在暗处袭击，更叫人难以提防。

黄洞人获胜，悠闲地骑着竹马缓缓回家去，

官兵在容州竟残杀辖境的百姓去冒功请赏。

南山田中行

李贺的家乡宜阳昌谷有南山，这首诗所写的当是他家乡的实况。诗中细致而多色调地描绘了深秋时节原野上的情景。前两句写原野上的风色、塘水及虫声；三、四两句写苔藓云气及红花冷露；五、六两句写稻熟待割，田径萤飞；末尾两句写石隙流泉及松间鬼火。总之，将他在深秋月夜的山野见闻作了真实而艺术的记录。结尾“鬼灯如漆点松花”一句，意趣幽冷，是李贺诗的名句之一。

秋野明，秋风白①，　塘水漻漻虫啧啧②。
云根苔藓山上石③，　冷红泣露娇啼色④。
荒畦九月稻叉牙⑤，　蛰萤低飞陇径斜⑥。
石脉水流泉滴沙⑦，　鬼灯如漆点松花⑧。

---

① 秋风白：按“五行”说秋属金，其色白。梁元帝《纂要》载，秋曰白藏，秋风称素风。故曰“秋风白”。　② 漻（liáo）漻：水清而深。啧（zé）啧：虫鸣声。　③ 云根：云雾升起之处。苔藓：青苔。　④ 冷红：指秋寒时节开的花。泣露：露珠凝聚，有如泪珠。　⑤ 荒畦：荒

芜的田地。叉牙：参差不齐。 ⑥ 蛰萤：因秋冷而发光不明亮的萤虫。陇径：田间小路。陇，通“垅”。 ⑦ 石脉：石缝，石隙。 ⑧ 鬼灯：野地里的磷火。漆：指坟墓中的漆灯。点：点缀，装点。

翻译

秋风掠过，秋野明净，
池塘积水深又清，草中虫儿唧唧鸣。
长满苔藓的山石，浮起浓密的云气，
挂着露珠的秋花，在娇滴滴地哭泣。
九月，荒地里的稻子参差不齐，
发着冷光的萤火虫在斜径上低飞。
石缝里渗出的泉水滴入沙地，
鬼火如墓中漆灯，花朵似的点缀着松林。

罗浮山人与葛篇

罗浮山在今广东省博罗、增城两地之间。罗浮山人，身份不详。从一本作“罗浮山父”以及诗中“博罗老仙”看，应该是位上了年纪的老人。罗浮山人赠送给诗人一块葛布，引动了诗人的奇想，便写了这首诗。诗的前四句主要描写葛布织工的精细，后四句主要描写在极热的暑天里他正需要这块布料裁制衣服。这首诗想象丰富，构思奇特，比喻新颖。如用“江雨空”“湘中天”来比喻葛布的细密、晶莹，用“蛇浓吁”“鱼不食”来形容天气的炎热等，都给人以不落俗套、耳目一新之感。

依依宜织江雨空①，　雨中六月兰台风②。
博罗老仙持出洞③，　千岁石床啼鬼工④。
毒蛇浓吁洞堂湿⑤，　江鱼不食衔沙立⑥。
欲剪湘中一尺天⑦，　吴娥莫道吴刀涩⑧。

---

① 依依：轻柔的样子。江雨空：形容葛布就像江上细雨般细密透明。　② 兰台：战国时楚国宫殿名。宋玉在《风赋》里写楚襄王游兰台宫，凉风吹来，他感到非常爽快。这句设想穿上这种葛布做的衣

服，将像在六月天的雨中吹来阵阵凉风，使人觉得非常凉爽舒适。 ③ 博罗老仙：指罗浮山人。 ④ 千岁石床：山洞中年岁久远平滑如床的大石。这里代指织布的机床。鬼工：形容织工的技艺非凡。这两句是说罗浮山人拿葛布赠人，制作它的鬼工也会因吝惜而啼哭。 ⑤ 浓吁（xū）：深长地喘气。 ⑥ 衔沙立：形容天热得连鱼儿也不愿觅食，在水中含沙直立。 ⑦ 湘中一尺天：形容葛布莹白，像倒映在湘水中的一幅天光。 ⑧ 吴娥：泛指江浙一带的女子。今江浙一带，古属吴国。涩（sè）：不滑利。这里指刀钝。

翻译

葛布轻柔，织得像江上小雨般细密透明，
穿上葛衣，像六月的雨中吹来凉风。
当罗浮老人把葛布拿出山洞，
千年石床上响起了鬼工吝惜的哭声。
天气闷热，毒蛇粗喘把山洞弄湿，
江中的鱼儿也停止觅食，含沙直立。
真想裁剪一幅湘水中天光倒影似的葛布，
吴娥不用担心说剪刀不够锋利。

仁和里杂叙皇甫湜[①]湜新尉陆浑[②]

皇甫湜是较早赏识和提拔李贺的人。他离开长安，往陆浑赴任，途经洛阳时，与李贺相会。李贺感到失去了一位援引升迁的人，加上贫困缠身，更感到前途渺茫；抚今思昔，不禁感慨万分，写下了这首基调苍凉的诗。诗中表现了种种复杂的情绪和牢骚，所以题中用了“杂叙”二字。

① 仁和里：又名仁和坊，唐朝时洛阳城内街坊名，当时李贺住在这里。皇甫湜(shí)，字持正，洛阳新安人，曾任陆浑县县尉、侍御史、工部郎中等职，诗文颇有名气，对李贺很赞赏和器重。 ② 新尉陆浑：新当了陆浑县县尉。陆浑，县名，在今河南嵩县北。

大人乞马癯乃寒[①]，宗人贷宅荒厥垣[②]。横庭鼠径空土涩[③]，出篱大枣垂珠残[④]。安定美人截黄绶[⑤]，脱落缨裾瞑朝酒[⑥]。还家白笔未上头[⑦]，使我清声落人后[⑧]。枉辱称知犯君眼[⑨]，排引才升强绚断[⑩]。洛风送马入长关[⑪]，阖扇未开逢猰犬[⑫]。那知坚都相草草[⑬]，客枕幽单看春老[⑭]。归来骨薄面无膏[⑮]，疫气冲头鬓茎少[⑯]。欲雕小说干天

官[17]，宗孙不调为谁怜[18]？明朝下元复西道[19]，崆峒叙别长如天[20]。

---

① 大人：指长辈。癯(qú)：瘦瘠。 ② 宗人：同族人。贷：租借，租赁。厥：其，指宅子。垣：围墙。 ③ 鼠径：老鼠出没之路。涩：不光滑。 ④ 垂珠：形容垂挂的枣子。以上四句自叙贫困状况。⑤ 安定：郡名，在今甘肃。美人：指有美好声誉的人。因东汉皇甫规、皇甫嵩都是安定朝那人，所以这里以族望称皇甫湜为“安定美人”。截：断，这里指解下。黄绶：黄色的系印丝带，在汉朝是县尉佩带的，唐代没有黄绶的服制，这里是借用。 ⑥ 缨裾：帽带和衣襟，这里泛指朝冠和朝服。暝：夜晚。这两句写皇甫湜的狂放不羁。⑦ 白笔：古代官员夹在朝板上记事的笔。后来仅用为仪饰。唐代七品以上的官员用白笔代替簪子，皇甫湜官为九品县尉，故曰“白笔未上头”。 ⑧ 清声：美好的名声。这两句是说皇甫湜未得高官而返，无人再为我扬名。 ⑨ 枉辱：谦辞，犹言“屈承”。犯君眼：承蒙您看重。 ⑩ 排引：提携，引荐。组：应作“緪”(gēng)，粗绳索。 ⑪ 长关：指长安。 ⑫ 阖(hé)扇：门扇，这里指皇城大门。猰犬：应作“瘈(jì)犬”，即疯狗。比喻毁谤李贺的人。这两句是说当年从洛阳驰马入京应试，被小人诽谤而失败。 ⑬ 坚都：即刀坚、丁君都二人，都善相马，这里指试官。相：审察，这里指选拔考生。草草：草率从事。⑭ 幽单：幽寂孤单。春老：春天逝去。 ⑮ 膏：膏脂，这里指润泽有光彩。 ⑯ 疫气：病气。鬓茎：须发。 ⑰ 雕：雕饰，刻画，这里指精心写作。小说：指唐代传奇文。唐代谋取仕进的人，往往写些传

奇或诗文送给考官，以显示自己的才华。干：干求、干谒。天官：指主管选拔官员的吏部长官。 ⑱ 宗孙：唐宗室的后代，李贺自称。调：选调，升迁。 ⑲ 下元：古代以农历十月十五日为下元节。西道：指西去长安之路。 ⑳ 崆峒（kōng tóng）：山名，在今河南平凉，和皇甫湜做县尉的陆浑县临近。一说指洛阳。长如天：形容时光非常久远。

翻译

向长辈求讨来的马儿又瘦瘠又寒伧，
向族人租赁来的宅子荒草生院墙。
庭中鼠径交错，泥土干涩，
稀疏地剩下几颗大枣，挂在破篱上。
美誉在外的安定先生解下县尉印绶，
脱下官衣官帽，从早到晚纵饮美酒。
回乡时，七品官的白笔也没能插到头上，
使我失去援引，清声落在人后。
承蒙您称许知遇，把我另眼相看，
谁知刚引荐我上升，强劲的粗绳折断。
洛阳春风吹送我驱马应考来长安，
皇门未开，却遇上了狂吠的恶犬！
谁想到考官选拔人才如此仓促潦草，
我寂寞孤单卧客栈，眼睁睁看春光逝掉。

回家来只剩得瘦骨嶙嶙，面目干枯，
病气冲头顶，须发也变得疏落稀少。
想精心写些传奇文章去干求吏部长官，
我这宗室之后，不得调迁有谁来可怜！
来日下元节，我又要踏上西去长安的大道，
想到崆峒与您叙别，其时已如长天一样遥远。

宫娃歌[1]

这首诗生动地反映了宫女的凄凉生活和她们渴望自由、要求冲破牢笼的强烈愿望，同时也揭露和抨击了封建统治者的荒淫残暴。前八句描写皇宫富丽堂皇的环境，以此衬托宫女幽闭深宫的凄凉景况。后四句先通过一个飞到遥远的家乡的梦境，形容宫女思归的苦情，接着通过"愿君光明如太阳，放妾骑鱼撇波去"的呐喊，把诗的意义推到了一个新高度。这是被幽禁被摧残的妇女要求人性，要求自由的急切呼声。"骑鱼撇波"四字用意非常沉重，用语非常有力。

① 宫娃：宫女。吴语称美女为"娃"。

蜡光高悬照纱空[1]，　花房夜捣红守宫[2]。
象口吹香毾㲪暖[3]，　七星挂城闻漏板[4]。
寒入罘罳殿影昏[5]，　彩鸾帘额著霜痕[6]。
啼蛄吊月钩阑下[7]，　屈膝铜铺锁阿甄[8]。
梦入家门上沙渚[9]，　天河落处长洲路[10]。
愿君光明如太阳[11]，　放妾骑鱼撇波去[12]。

① 照纱空：烛光射过薄薄的灯纱，透明通亮。 ② 花房：后妃居室，以花椒和泥涂壁，这里指宫女居室。红守宫：指用丹砂喂养的壁虎。传说把它捣制成药物，可检验女人是否有过房事。见晋张华《博物志·戏术》。 ③ 象：形状如象的香炉。毾㲪（tà dēng）：织有彩纹的细密的地毯。 ④ 七星：北斗星。七星挂城，形容夜深。漏板：古代报时的器具，以铜板做成。 ⑤ 罘罳（fú sī）：装置在宫殿檐下，用以阻挡鸟雀飞入的网。 ⑥ 彩鸾帘额：绣有彩色鸾鸟的门帘上的横额。著（zhuó）：附着，沾上。 ⑦ 啼蛄吊月：意思是说蝼蛄在月光下悲鸣。钩阑：曲折的栏杆。 ⑧ 屈膝：门帘上的环钮、搭扣，其形如人之屈膝状，故名。铜铺：铜制的铺首（门上用来衔环的兽形底盘）。阿甄（zhēn）：魏文帝曹丕的皇后甄氏，初入宫时很得宠，后来被谗失意，幽禁宫中，终被赐死。这里用来泛指失宠的宫女。 ⑨ 沙渚（zhǔ）：水中的小块陆地。 ⑩ 天河落处：银河落下的地方，暗喻家乡的遥远。长洲路：指通往家乡的路。长洲，县名，唐时分吴县置，治所在今江苏苏州。诗中假设为宫女的故乡。 ⑪ 君：君王，皇帝。⑫ 妾：宫女自称。骑鱼撇波：等不及坐船，骑着鱼冲破波浪而去，形容宫女思归心切。

翻译

高悬的灯烛透过细薄的纱罩放光明，

花房的宫女们深夜里捣制红守宫。

香炉的象口中喷着香气，地毯暖烘烘，
北斗七星挂在城头，漏板声声报深更。
寒气侵入殿前网罩，宫殿的暗影昏朦朦，
绣着彩鸾的门帘横额，沾满了霜痕层层。
蝼蛄对着月光在曲栏下哀鸣，
失意的宫女被牢牢关锁在大院深宫。
宫女梦中走进了沙洲上的家门，
天河落处的长洲路上留下了她的倩影。
“希望君王能像太阳那样光明，
放我走吧，跨鱼破浪我也马上起程！”

堂堂[①]

这是一首描写失宠宫妃的哀怨诗。虽然通篇未直言宫妃，但宫妃凄凉寂寞的形象却跃然纸上。结尾二句以华清池的热烈场面作对比，更反衬出失宠宫妃的冷落凄苦。诗中表面上写的是“宫怨”，实际是借此隐寓被贬谪、遭弃置、不能施展才能之人的怨愤，抒发炎凉穷通的感慨。

① 堂堂：隋代乐府曲名。这首诗第一句用“堂堂复堂堂”重复曲名，形容深宫堂室之重叠，有慨叹的意思。

堂堂复堂堂，　　红脱梅灰香[①]。
十年粉蠹生画梁[②]，饥虫不食堆碎黄[③]。
蕙花已老桃叶长[④]，禁院悬帘隔御光[⑤]。
华清源中礜石汤[⑥]，徘徊百凤随君王[⑦]。

---

① “红脱”句：谓殿堂墙壁的颜色已经脱落，粉墙的梅灰还散发着残香。　② 粉蠹(dù)：一种蛀虫。画梁：彩画的梁柱。　③ 堆：一作摧。碎黄：蛀屑一般呈黄色碎末，故称。　④ 蕙花：即蕙兰，兰花的一种。　⑤ 禁院：皇宫。御光：君主的容颜。　⑥ 华清源：即华清

池。见前《过华清宫》注。礜(yù)石:一种矿石,传说水中有礜石,冬天不结冰。礜石汤:指温泉。 ⑦ 徘徊:来回走动。这里形容在皇帝面前阿谀奉承。百凤:指随从皇帝的百官和嫔妃。百,通行本作"白",据金本改。

翻译

殿堂重叠着殿堂,

墙上红彩脱落,只有梅灰还散发着残香。

十年冷落,蛀虫生满彩画的梁柱,

饿虫已蛀无可蛀,堆堆蛀屑颜色暗黄。

蕙兰已经枯败,桃叶儿正在生长,

宫室的帘子低垂,阻隔君王久已不来这地方。

可是在华清池中的温泉旁,

官吏嫔妃如百鸟,俯仰奉承随君王。

勉爱行二首送小季之庐山[①]（选一）

李贺给去江西谋生的小弟写了两首诗，这是第二首。诗中可以看出，李贺的家境并不富裕。“欲将千里别，持此易斗粟”，为了养家糊口，小弟才远离亲人到千里之外的江西去。李贺与弟弟的感情非常深厚，远别后心里总像有条丝线在牵挂着，常辗转反侧，夜不能寐。李贺生活坎坷，仕途失意，“辞家三载今如此，索米王门一事无”，字里行间流露出对现实的不满。诗的末尾写到“荒沟”“拱柳”的冷落景色，一方面烘托着自己思念兄弟的凄苦之情，另一方面也是对当时农村经济残破萧条的真实描绘。

① 勉爱：即勉力自爱的意思。小季：即小弟。之：往，去。

其二

别柳当马头[①]，　　官槐如兔目[②]。
欲将千里别，　　持此易斗粟[③]。
南云北云空脉断[④]，　灵台经络悬春线[⑤]。
青轩树转月满床[⑥]，　下国饥儿梦中见[⑦]。
维尔之昆二十余[⑧]，　年来持镜颇有须[⑨]。

辞家三载今如此，　索米王门一事无[10]。
荒沟古水光如刀[11]，　庭南拱柳生蛴螬[12]。
江干幼客真可念[13]，　郊原晚吹悲号号[14]。

---

① 别柳：送别之处的柳树。　② 官槐：官街上种植的槐树。兔目：指初生的槐叶像兔子的眼睛一样大小。《艺文类聚》卷八八引《庄子》："槐之生也，入季春，五日而兔目，十日而鼠耳。"可知李贺送别小弟的时间是季春后五日左右。　③ 此：指千里远别。易斗粟：谓换取升斗的粮食，来养家糊口。　④ 南云北云：如云彩分别在南北两处，互不相见。脉断：脉络断绝。　⑤ 灵台：指人的心脏。经络：指思绪。　⑥ 青轩：犹白屋。　⑦ 下国：指江西，小弟所去之处，对京都而言。饥儿：饥民。　⑧ 昆：兄长，这里是诗人自称。　⑨ 持镜：指拿起镜子自照。　⑩ 索米王门：在官府里领取薪俸，指谋职。　⑪ 古水：年久的积水。　⑫ 拱柳：合抱的柳树。蛴螬：金龟子的幼虫，这里所指似是状如蛴螬的蝤蛴，是树木中的蛀虫。这两句写家乡荒凉的景象。　⑬ 江干：江边。幼客：指年轻而客居他乡的小弟。　⑭ 郊原：郊外的原野。晚吹：晚风。

翻译

小弟上马将远行，送别在柳下，
官街上的槐叶才如兔眼儿大。

想的是借千里远别去谋生，
换取升斗之粮糊口养家。
彼此像南北流走互不相见的浮云，
心头和全身却像挂着线儿相牵引。
茅屋前树影转动，月光满床难入睡，
为小弟担忧，梦见江西饥民乱纷纷。
你长兄我今年已经二十岁挂零，
近年来持镜自照，只见脸上胡须生。
离家三年仍是这般清苦贫穷，
谋职于京都，到头来一事无成。
村边荒沟里积着死水，寒光如刀，
庭院南头那棵老柳已生出蛀虫。
远在江边异乡的小弟真叫人怜念，
郊野晚风悲鸣，更增加牵挂之情。

致酒行[1]

《文苑英华》收录了这首诗，题下有“至日长安里中作”七字，为本集所无；从诗的内容看，有此七字为是。诗中提到的“主父偃”“马周”，也都是曾经一时受困于长安者。这首诗大约是李贺参加科举考试，因被人诬为犯“家讳”而受阻，困守长安时所写。前两句写自己在落拓潦倒之中，得到了友人的款待和祝福；紧接着六句是友人劝慰的话，以主父偃和马周为例，劝他不要因应试不利而灰心，可以通过其他途径以求进取；末四句是诗人对友人的回答，以“我有迷魂招不得”“少年心事当拏云”表明了自己志向的坚定、高远，以“雄鸡一声天下白”表明了对前途充满着信心。诗意豪健警拔，反映了虽遭挫折，仍奋发向上的积极进取精神。

① 致酒：劝酒。

零落栖迟一杯酒[1]，　　主人奉觞客长寿[2]：

主父西游困不归[3]，　　家人折断门前柳[4]。

吾闻马周昔作新丰客[5]，　　天荒地老无人识[6]。

空将笺上两行书[7]，　　直犯龙颜请恩泽[8]。

我有迷魂招不得[9]，　　雄鸡一声天下白[10]。

少年心事当拏云[11]，　　谁念幽寒坐呜呃[12]。

---

① 零落：原指草木凋谢，引申为困窘、失意。栖迟：滞留，漂泊。② 奉觞(shāng)：举杯敬酒。觞：酒杯。 ③ 主父：主父偃，汉武帝时人。初游齐，又西游长安，都不得志。后上书武帝，得到重用。 ④“家人”句：是说家里人经常攀折门前的柳枝，以寄给远在异乡的亲人，表示盼望怀念之情。 ⑤ 马周：唐太宗时人，少孤贫，西入长安，曾寄宿新丰(在今陕西临潼东)旅店，受到店主冷遇。后投靠中郎将常何，代为上书太宗陈说二十余事，皆切中时弊，得到太宗重用。见《旧唐书·马周传》。 ⑥ 天荒地老：极言时间久远。 ⑦ 笺：笺纸。这里指奏章。 ⑧ 直犯龙颜：意谓直率地向皇帝进言。龙颜，谓皇帝的容颜。恩泽：指被赏识、重用之类的恩惠。这两句总言主父偃和马周一旦上书皇帝，立即得到赏识和重用。⑨ 迷魂：比喻心烦意乱，无所归依。 ⑩“雄鸡”句：写其心神往的境界。是说等到雄鸡高唱，光明到来之时，就可以施展自己的抱负了。 ⑪ 心事：志向。拏云：拂云，凌云。比喻志向高远。 ⑫ 幽寒：冷落寒苦。呜呃(è)：悲叹声。

翻译

落拓漂泊中，友人为我设酒，

主人举杯祝福：“愿客人健康长寿！

主父偃西游长安困顿不回，
家人满怀期望，折尽门前柳；
我还听说昔日马周在新丰旅店客居，
无人赏识，一直被冷落了好久！
他们都凭着写了几行奏章，
直接向皇帝进言，才得到位显禄厚。”
但我迷乱的魂灵实在招不回来，
我深信雄鸡一声高唱，天下都将白昼。
年轻人胸中应有凌云壮志，
谁怜念你坐在幽暗处徒然悲愁。

长歌续短歌

古乐府有《长歌行》《短歌行》，大多是说人生有限，应当惜时自勉。晋傅玄《艳歌行》有“咄来长歌续短歌”之句，本题即取其意。诗人渴望能参与朝政，有所作为。但由于“君为左右所蔽，则不得亲沐其泽”（王琦注语），所以始终未被重用，以致贫困潦倒，身体衰弱，郁愤难抑，所以发而为诗。诗中用了比兴的手法，前面用“秦王”，后面用“明月”来比喻唐宪宗，委婉表述了自己求仕进的迫切和对朝政的不满。

长歌破衣襟，　短歌断白发①。
秦王不可见，　旦夕成内热②。
渴饮壶中酒，　饥拔陇头粟③。
凄凉四月阑，　千里一时绿④。
夜峰何离离⑤，　明月落石底⑥。
徘徊沿石寻⑦，　照出高峰外。
不得与之游⑧，　歌成鬓先改⑨。

①“长歌”二句：这两句是互文见义，意谓长歌短吟，衣破发落，表现了诗人的极度愤激。 ② 秦王：清人王琦注：“时天子（宪宗）居秦地，故以秦王为喻。”旦夕：日日夜夜。内热：比喻非常焦虑忧愁。③ 陇头：即“垅头”，指田间地头。粟：谷子，这里泛指农作物。④“凄凉”二句：阑：末，尽。这两句是说由于自己贫困潦倒，所以看到初夏万物茂盛，而自感凄凉。 ⑤ 离离：重叠罗列之貌。 ⑥ 明月：喻唐宪宗。这两句是说夜峰罗列，月光照落石下，不及他处，比喻君恩被群小阻隔。 ⑦ 徘徊：来回走动。 ⑧ 之：指唐宪宗。游：追随，共事。 ⑨ 鬓先改：鬓发早已变白。“徘徊”以下四句是说天高皇帝远，自己苦求不得，以致心情郁闷，白发早生。

翻译

写长歌把我的衣襟磨破，
吟短诗使我的白发脱落。
谒见秦王没有机缘，
日夜焦虑我心中烦热。
喝口壶中酒，聊以解渴，
拔把垅头谷，暂充饥饿。
四月将尽，千里大地一片绿色，
自己却贫困潦倒，不由人感到凄凉难过。

夜暮中峰峦起伏重叠，
明亮的月光却只向谷底照射。
我来来回回沿着石崖寻觅，
可它又在高峰之外不可捉摸。
自己终不得与其人共事，
歌成而头发早已变白。

公莫舞歌[1] 并序

公元前206年，刘邦首先攻入秦都咸阳。因事先曾相约先入咸阳者为王，所以项羽大怒，拥兵四十万于鸿门（今陕西临潼东北），欲消灭刘邦。经项伯调解，刘邦亲赴鸿门谢罪。宴会上，项羽的谋士范增三次举所佩玉玦，示意项羽杀害刘邦，项羽迟疑不定。范增就叫项庄舞剑，企图伺机刺杀刘邦。项伯也拔剑起舞，掩护刘邦。随后樊哙带剑执盾闯入，怒斥项羽。在众壮士护卫下，刘邦乘隙脱险。李贺此诗根据这一历史事实，加以发挥想象，重新进行了艺术的再创造。通过樊哙大义凛然、铿锵有力的话语，热情歌颂了刘邦顺应历史潮流、统一天下的宏伟事业。本篇序言中所说的"贺陋诸家"，表明李贺对南北朝乐府中这方面的旧诗有所不满，因而重作此篇，体现了他勇于创新的精神。

①《公莫舞歌》：这原是乐府旧题，以楚汉相争中"鸿门宴"的故事为题材，南北朝时也称之为"巾舞"。《宋书・乐志》载，相传项庄舞剑，项伯以袖隔之，使不得害汉高祖。而且说："公莫。"古人相互称"公"，是说您莫害汉王。后来便把表现这种场面的歌舞称为《公莫舞歌》。

《公莫舞歌》者，咏项伯翼蔽刘沛公也[1]。会中壮士，灼灼于人，故无复书[2]；且南北乐府，率有歌引[3]。贺陋诸家[4]，今重作《公莫舞歌》云。

方花古础排九楹[5]，　刺豹淋血盛银罂[6]。
华筵鼓吹无桐竹[7]，　长刀直立割鸣筝[8]。
横楣粗锦生红纬[9]，　日炙锦嫣王未醉[10]。
腰下三看宝玦光[11]，　项庄掉箾拦前起[12]。
材官小臣公莫舞[13]，　座上真人赤龙子[14]。
芒砀云瑞抱天回[15]，　咸阳王气清如水[16]。
铁枢铁楗重束关[17]，　大旗五丈撞双镮[18]。
汉王今日须秦印[19]，　绝膑刳肠臣不论[20]！

① 项伯：项羽的叔父，张良的朋友。翼蔽：遮挡、掩护。刘沛公：刘邦，当初起兵于沛县（今江苏沛县），因称沛公。　② 会：指鸿门宴。壮士：这里指樊哙。灼灼：昭昭，显明。这三句是说宴会中的勇士樊哙，其事迹昭昭在人耳目，所以不再叙述。　③ 南北乐府：指南北朝时的南朝乐府和北朝乐府。率：大都。歌引：指乐府体歌曲。这两句是说南朝、北朝乐府中都有这类诗歌。　④ 陋诸家：认为诸家的作品都很浅陋。　⑤ 方花古础：垫在柱子下面雕有花纹的方形石

礅。排九楹：指九柱排列的大厅。楹，厅堂前的柱子。 ⑥ 刺豹淋血：杀死豹子，将其血混入酒中喝，这是古代的一种豪犷之风。罂(yīng)：小口大腹的酒瓶。这两句写宴会场所的宽敞和饮酒的豪迈。⑦ 华筵：豪华而丰盛的宴席。鼓吹：即奏鼓吹乐，是古代的军乐。桐竹：指用桐木制作的琴瑟之类和用竹子制作的笙箫之类管弦乐器。⑧ 割鸣筝：谓刀光闪烁，一片杀机，破坏了筝的弹奏声。筝：一种弹拨乐器，十二或十三根弦。这两句写宴会上充满杀机的紧张气氛。⑨ 横楣(méi)：门框上的横木。粗锦：粗糙的丝织品。生红纬：在阳光照射下闪着红光。纬，通"炜"。 ⑩ 日炙(zhì)锦嫣：形容宴会为时已久。日炙，日光强烈照射。嫣，应作"蔫"，褪色之意。王：指项羽。这两句是说宴会持续了好久，项羽想杀害刘邦，但迟疑不决，故没有醉意。 ⑪ 玦(jué)：环形有缺口的佩玉。"玦"与"决"谐音，取"决"意。这句是说范增三看宝玦，暗示项羽快下决心杀掉刘邦。⑫ 项庄：项羽手下的武士。掉鞘(qiào)：拔剑出鞘。箾，古同"鞘"。这句是说项庄受范增指使，在宴席前拔剑起舞，企图伺机杀死刘邦。⑬ 材官：有勇力的小官。此指项庄。从这句起到末尾是模拟樊哙的口吻说话。 ⑭ 真人：指真命天子。赤龙子：即"赤帝子"刘邦。参见前《春坊正字剑子歌》注。 ⑮ 芒砀(dàng)：芒山和砀山，在安徽砀山东南。云瑞：祥云瑞气。传说刘邦起兵前，曾隐居芒砀山中，上空常有彩云出现。抱天回：指云气在天空回护不散，比喻刘邦为帝是天命所归，大势已成。 ⑯"咸阳"句：是说汉王刘邦已攻下秦都咸阳，那里的王气兴盛，预兆已很分明。 ⑰ 枢：门臼。楗(jiàn)：门闩。重束关：指坚闭关塞。这句是说秦朝的守卫十分坚固。 ⑱ 大旗五丈：旗杆高五丈的旗叫"五丈旗"，这里指汉军帅旗。镮：同

“环”，指城门上的铁环。这句是说刘邦的军队高举大旗，锐不可当，无坚不摧。 ⑲ 汉王：指刘邦。秦印：秦朝皇帝的印玺，指秦政权。这句是说汉王今天既已先入关中，理应执掌秦朝的印玺而王咸阳。因当初楚怀王孙心派诸将攻秦时约定，先进入咸阳者为王。刘邦先入，所以樊哙才这样说。 ⑳ 绝膑（bìn）：挖去膝盖骨。刳（kū）肠：剖肚挖肠。臣：樊哙自称。不论：不计较。这句是说为了助成汉王大业，我樊哙牺牲了生命也在所不惜。

翻译

方形刻花的古老石礅，矗立着大柱九根，
刺杀斑豹流鲜血，注入银瓶痛饮。
宴席上没有管弦乐声，只有军乐阵阵，
直立的长刀，像要割断筝弦般寒光森森。
门额上的横幅粗锦焕发出鲜红的光彩，
烈日烤得粗锦褪了色，项羽仍然没有醉。
范增把腰间的玉玦瞟看了三次，
项庄拔剑出鞘，上前起舞。
你这徒有勇力的小臣别妄动，
座上的汉王是赤帝之子莫看轻。
当年芒砀山上祥云瑞雾曾在天空萦回，
咸阳王气盛，预兆已像清水一样分明。

铁枢铁键重重紧锁的雄关，
汉军的五丈大旗已一举撞破门环。
汉王今天掌秦印理所当然，
为保护他，我断膝挖肠也心甘。

昌谷北园新笋四首（选二）

这是作者在家乡昌谷所写的一组咏物言志诗，通过对北园新笋的描写，表述了自己失意归家后的复杂心情。这里选译其中两首。

其一

这首诗借咏新笋，表现了积极上进、欲有所作为的激情和愿望。

箨落长竿削玉开[①]，　君看母笋是龙材[②]。

更容一夜抽千尺[③]，　别却池园数寸泥[④]。

---

① 箨（tuò）：笋壳。削玉开：形容才脱笋壳的新竹鲜嫩光洁，像刀削的碧玉般显露出来。　② 母笋：大竹笋。龙材：奇伟非凡之材。　③ 抽：拔节生长。　④ 池园：园林，指竹园。

翻译

笋壳脱落，新竹长出，像用刀把碧玉削开。

您看那健壮的母笋，真是奇伟非凡之材！

再过一个夜晚，它就会拔节长高千尺，
远离竹园中几寸大小的泥土一块。

其二

李贺喜好在竹上题诗写字，以抒情怀。在这首诗中，他把自己的诗作比为楚辞，不仅表现了他对屈原艺术风格的继承，而且表现了他与屈原的身世遭遇、思想感情有不少相通之处。诗中说自己题在竹子上的诗篇像“露压烟啼”的千万竿竹枝一样，没人看见，也没人赏识，表现了“国无人莫我知兮”(《离骚》)的慨叹。

斫取青光写楚辞[①]**，　腻香春粉黑离离**[②]**。**
无情有恨何人见[③]**？　露压烟啼千万枝**[④]**。**

---

① 斫(zhuó)：刮削。青光：指有光泽的青竹皮。楚辞：战国时楚国诗人屈原、宋玉等所写的诗歌。西汉刘向把屈、宋及其追随者所写的诗汇编成书，也名《楚辞》。李贺的诗风受楚辞影响颇深，这里是用楚辞比拟自己的诗作。　② 腻香：浓香。春粉：指竹皮上的白色粉末。黑离离：指题诗的字迹黑亮清晰，历历分明。　③“无情”句：意谓自己的诗作或出于无心，或出于有意，什么人能看到和赏识呢？　④ 露压烟啼：指竹枝上积聚的露水在烟雾中下滴。

翻译

刮去青竹皮，写下我楚辞般的歌诗，
浓香白粉，历历分明留下一行行墨迹。
无情还是有恨，什么人能理会、赏识？
千万竿竹枝含着露珠在烟雾里悲啼。

感讽五首(选二)

这是诗人对现实有所感慨而作的一组讽喻诗,共五首,内容较杂,非一时一地之作。这里选译其中两首。

其一

这是一首现实性很强的叙事诗,作者以辛辣的讽刺笔墨和具体鲜明的人物形象,揭露了当时官吏贪得无厌、残酷剥削老百姓的事实,表现了对劳动人民的同情和对贪官污吏的强烈愤慨。诗的结尾写大吃大喝的县官刚刚离开,而管理税收的小官又闯了进来。全篇至此戛然而止,发人深省,余味无穷。

合浦无明珠[1],龙洲无木奴[2]。足知造化力[3],不给使君须[4]。越妇未织作,吴蚕始蠕蠕[5]。县官骑马来,狞色虬紫须[6]。怀中一方板[7],板上数行书。"不因使君怒,焉得诣尔庐[8]?"越妇拜县官:"桑牙今尚小[9]。会待春日晏[10],丝车方掷掉[11]。"越妇通言语[12],小姑具黄

粱⑬。县官踏飧去⑭，簿吏复登堂⑮。

---

① 合浦：古郡名，治所在今广西合浦。据《后汉书·孟尝传》载，合浦盛产珍珠，因官吏贪鄙，搜求无已，珍珠都转移到别处去了。 ② 龙洲：即龙阳洲，在今湖南汉寿，盛产柑橘。木奴：指柑橘树。相传汉代太守李衡派人在龙阳洲种了一千株柑橘，称之为“千头木奴”。 ③ 造化力：大自然创造化育万物的能力。 ④ 给（jǐ）：供给，满足。使君：古代对州郡长官太守和刺史的尊称。 ⑤“越妇”二句：按“越”“吴”指今江苏、浙江一带。江浙习种桑养蚕，盛产丝织品。此处“越妇”“吴蚕”采用互文的修辞方式，即指吴越之地的织妇和桑蚕。蠕蠕（rú）：幼蚕微动之貌。 ⑥ 狞色：狰狞的脸色。虬紫须：蜷曲的紫色胡须。虬，蜷曲。 ⑦ 方板：方形的纸板，上面写有征收租税的文告。 ⑧ 焉得：怎么会。诣（yì）：到。庐：房屋。 ⑨ 牙：通“芽”。 ⑩ 会待：等待，等到。春日晏：春末，晚春。 ⑪ 掷掉：犹转动。 ⑫ 通言语：对话。 ⑬ 小姑：丈夫的妹妹。具：备办。黄粱：指小米饭。 ⑭ 踏飧（sūn）：吞食，饱食。踏：应作“嚃（tà）”，吞咽之意。 ⑮ 簿吏：主管钱粮文书的小官。

翻译

盛产明珠的合浦，如今已无明珠，

盛产柑橘的龙洲，如今已无橘树。

可见大自然尽管能创造万物，

但州郡长官们的贪求也难以满足。
江南的织妇们还未开始纺织，
她们孵化的蚕儿刚刚开始蠕动。
县官老爷骑马来临，
撅着紫色的胡须，脸色狰狞。
他从怀中掏出一张方纸，
上面写着几行征税的通知。
“要不是太守大人发了脾气，
我怎会来到你这小小的居室！”
织妇跪拜向县官求乞：
“桑树才刚发出幼嫩的芽子，
要等到春末的时候，
丝车才能转动缫丝。”
织妇向县官通言语，
小姑子把黄粱饭准备。
县官酒足饭饱刚刚离去，
紧接着又进来小吏收税。

其二

这首诗借慨叹贾谊的不幸遭遇来抒发自己的幽愤，更为当时的最高统治者轻信小人，造成政治昏暗而深致叹惋。“奇俊无少年”以下四句，是对当时黑暗政治压抑人才，阻抑年轻有为、生气勃勃的革新人士施展抱负的含蓄抗议。

奇俊无少年①，　**日车何躄躄**②**！**
我待纡双绶③，　**遗我星星发**④。
都门贾生墓⑤，　**青蝇久断绝**⑥。
寒食摇扬天⑦，　**愤景长肃杀**⑧。
皇汉十二帝⑨，　**唯帝称睿哲**⑩。
一夕信竖儿⑪，　**文明永沦歇**⑫。

---

① 奇俊：才智杰出的人。　② 日车：神话中说太阳乘六条龙驾驶的车子，在天空中运行，故以日车指太阳。躄躄（bì）：行走缓慢之貌。③ 纡（yū）双绶：指做高官。纡，系结。绶，古时系在官印上的丝带。④ 遗（wèi）：赠送，给予。星星发：花白的头发。以上四句是说年轻人不受重视，没机会成为俊才，时光为何这般缓慢，快给我一头白发吧，我期待着被重用。　⑤ 都门：指东都洛阳城门外，那里有贾谊

墓。贾生:贾谊,年少才高,被汉文帝重用,但却受到毁谤排挤,被贬为长沙王太傅,三十三岁时含愤而死。 ⑥ 青蝇:指吊客。语出《三国志·吴志·虞翻传》注引《虞翻别传》“死以青蝇为吊客”。 ⑦ 寒食:节令名,清明前一天(一说前二天),古人习惯在这天扫墓。摇扬天:指花柳摇曳飘扬的春天。 ⑧ 愤景:悲愤的景象。肃杀:严酷萧瑟之貌。 ⑨ 皇汉:指西汉王朝。皇,大。十二帝:指汉高祖、惠帝、文帝、景帝、武帝、昭帝、宣帝、元帝、成帝、哀帝、平帝及吕后立的少帝。 ⑩ 帝:指汉文帝。睿(ruì)哲:圣明、英明。 ⑪ 一夕:即一朝、一旦之意。竖儿:小子,含有鄙视的意味。这里指谗毁贾谊的人。 ⑫ 文明:昌明的政治。沦歇:沉没消歇。

翻译

年轻人被轻视,难成俊杰,
太阳之车为何这样缓慢运行!
我殷切期待着能得到通显之位,
快把白发赐给我,以能早得重用。
洛阳城门外有贾谊的坟墓一座,
凭吊的人们很久以来就已断绝。
在花柳飘摇的寒食扫墓节,
景象却如深秋,让人感到悲愤、萧瑟!
堂堂西汉王朝,帝王有十二个之多,

只有那汉文帝，可称得上聪慧明哲。
可是一旦他也偏信了那些无耻小人，
昌明的政治也就永远沉没消歇。

三月过行宫

古代供帝王离京出行时居住的宫室，叫作“行宫”。在繁花似锦的三月，作者曾经过行宫，看到御沟里长着水荭白蒿，嫩红柔绿，联想到行宫内的宫女们被迫过着长期与世隔绝的苦寂生活，因而写了这首诗，对长此终老一生的宫女们寄予了深切的同情。诗的前两句写行宫外的景色，后两句写宫女们的凄凉生活。第二句中的“学娥妆”三字，把宫外见闻和里头的宫女们紧紧联系了起来，起到了非常自然巧妙的过渡作用。

渠水红繁拥御墙①，　风娇小叶学娥妆②。

垂帘几度青春老，　堪锁千年白日长③。

① 渠水：沟水，这里指护卫行宫的御沟水。红：通“荭”(hóng)，水荭。繁：通“蘩”(fán)，蘩蒿，又名白蒿。御墙：指行宫外的围墙。 ② 风娇：指水荭，其茎叶上密生淡红色茸毛，风中摇曳，颜色娇艳，故言“风娇”。小叶：指白蒿的新生小叶。娥妆：宫女的梳妆打扮。因水荭白蒿的新芽嫩叶鲜洁柔绿，像宫女的红颊翠眉，故言“学娥妆”。 ③ 堪：可以。

翻译

御沟里的水莛、白蒿把行宫的围墙拥绕，

淡红柔绿像宫女的红颊翠眉般妖娇。

行宫里帘幕几次更换青春已变衰老，

宫门深锁宫女无尽的苦寂何日终了！

昌谷读书示巴童

巴童是李贺父亲入蜀做官时从巴蜀带来的书童，长期跟随李贺。诗人遭受排挤，政治失意，生活困厄，疾病缠身，巴童一直跟随他。诗中借写对巴童的感激之情，抒发个人横遭委弃的怨愤。

虫响灯光薄[①]**，　宵寒药气浓。**

君怜垂翅客[②]**，　辛苦尚相从**[③]**。**

---

① 虫响：犹虫鸣。薄：指灯光微弱。　② 君：这里指巴童。垂翅客：李贺拿斗败而逃的禽鸟自比。　③ 尚：还。

翻译

虫儿啼叫，灯光暗淡，

夜气寒冷，室内药味很浓。

只有你肯可怜我这失意人，

辛辛苦苦，长期相从。

巴童答

这是借巴童对答，自作排遣。进一步表明，自己在贫病交加的困境中，呕心沥血，苦吟不已，愤闷之情溢于言表。

巨鼻宜山褐[①]，　庞眉入苦吟[②]。

非君唱乐府[③]，　谁识怨秋深[④]！

① 巨鼻：巴童自谓。表示粗野相。山褐（hè）：山里人穿的粗布衣。这里用“宜山褐”代指适于过贫苦生活。 ② 庞眉：指李贺。李商隐《李长吉小传》：“长吉细瘦，通眉。”庞眉似即通眉之意，指眉毛厚长，两相通连。入：入诗。即指李贺将自己写入诗中。 ③ 唱：吟唱，即写诗。乐府：原为汉武帝设置的朝廷掌管音乐的机构，后用以指可以配乐歌唱的诗歌。这里指李贺所写的诗歌。 ④ 怨秋深：抱怨深秋的到来。深秋时节景物悲凉，诗家咏秋多寄怨愁之情。所以这里实际上是用“怨秋深”三字借指写诗的蕴意和作用。

翻译

我这粗野人本来只适于过贫苦生活，

想不到还能被您写入歌诗之中。

若不是平常听您吟唱那些感人的乐府，

谁能懂得诗歌的蕴意和作用！

莫种树

诗人长期潦倒不得志，闲居乡里。春夏秋冬，树叶变化，感时生愁，愁来无已，便写了这首短诗自作排解。

园中莫种树，　种树四时愁。
独睡南窗月[1]，　今秋似去秋[2]。

① 窗：一作“床”。　② “今秋”句：是说今年秋天像去年秋天一样穷愁潦倒。

翻译

园子里最好不要种树，
种了树，春夏秋冬都会引人发愁。
独自睡在南窗下，月光照着，
穷愁潦倒，今年之秋一似去年之秋。

追赋画江潭苑四首[1]（选一）

这一组诗借追赋六朝梁时宫人早起游猎的情景，讽刺唐宪宗李纯沉湎酒色，荒淫嬉戏。这里选一首。

① 追赋：指因观画而追咏前事。江潭苑：据《景定建康志》载，是梁大同初所建的游乐之地，其地在新林路西，去城二十里。在今南京市西南。

其二

这首诗前六句极力描写宫人穿戴装扮的华丽和她们的娇弱，末尾两句点题，写她们夜间愁哭，早起涂脂抹粉，说明表面上快乐，内心痛苦。

宝袜菊衣单[1]，　蕉花密露寒[2]。
水光兰泽叶[3]，　重带剪刀钱[4]。
角暖盘弓易[5]，　靴长上马难。
泪痕沾寝帐[6]，　匀粉照金鞍[7]。

---

① 袜（mò）：当时宫女所穿的紧身胸衣。这与现在简写的袜子的“袜”字同形而音义异。菊衣：菊黄色的上衣。　②“蕉花”句：蕉花：

指美人蕉的花，色红。这里借以形容宝袜的颜色。宝袜紧身，穿在菊衣下面，隐约露出，故谓“密露寒”。寒：承上“单”字为义，也是单薄的意思。 ③“水光”句：兰泽：即泽兰，生溪涧水旁，煮其叶可以洗浴。这句说煮兰泽叶洗发，发色光亮如水。 ④ 刀钱：作刀形的古钱。这句是说饰有刀钱纹的带子下垂，两头相交叉如剪刀。⑤ 角：弓上的角饰部分，代指弓。盘：指上弦时盘曲弓体。 ⑥ 寝帐：卧帐。 ⑦ 匀粉：化妆时施粉。金鞍：饰金的马鞍。

翻译

宫女穿着红花紧身衣，外罩菊黄单衫，
红红蕉花隐约显露似透出薄寒。
头发用兰泽叶洗得如水光艳，
饰有刀钱纹的彩带下垂，交叉相剪。
天暖角软，弯弓尚还容易，
蹬着长靴，跨鞍骑马便觉困难。
通宵悲泣，泪痕沾满了卧帐，
随从出游，涂抹脂粉，艳姿又照耀着金鞍。

贾公闾贵婿曲[1]

这首诗借写晋代贾公闾贵婿之事，用简练而形象的语言，描绘了当时一个终日过着骄奢淫逸生活的达官贵婿的形象。开头四句写他衣服的考究，车马的华贵；中间四句写他的骄奢与淫纵；九、十两句写他出去挟妓游宴，家中妻子冷落难堪；结尾两句慨叹人生的不平，说像潘岳那样才貌双全的人，却得不到达官闺秀的钟情。诗中贵婿与潘岳，都实有所指，仅不明言而已。

① 贾公闾贵婿：指晋代贾充的女婿韩寿。据《晋书・贾充传》，贾充，字公闾，官至太尉；其女午，与韩寿私通，后嫁为妻。寿官至散骑常侍、河南尹。

朝衣不须长[1]，　分花对袍缝。
嘤嘤白马来[2]，　满脑黄金重[3]。
今朝香气苦，　珊瑚涩难枕[4]。
且要弄风人[5]，　暖蒲沙上饮。
燕语踏帘钩[6]，　日虹屏中碧[7]。
潘令在河阳[8]，　无人死芳色[9]。

① 朝衣：上朝时穿的官服。 ② 嘤嘤：铃声。 ③“满脑”句：是说马头上满是黄金装饰品，很沉重。 ④“今朝”二句：意思是今朝连香气都嫌难闻，珊瑚枕本来很滑润，他却觉得涩而难枕。 ⑤ 要：同“邀”。弄风人：指妓女。 ⑥“燕语”句：表示时将向晚。 ⑦ 日虹：《后汉书·郎顗传》载，凡日旁气色白而纯者，名为虹。这里指日光的变化。谓日光透入室中，晃成白气，有如虹状，映射屏中，遂成碧色。这句言室中的寂寞景象。 ⑧ 潘令：指潘岳。《晋书·潘岳传》载，潘岳为河阳令，美姿仪，辞藻绝丽。少时在洛阳常挟弹出游，妇女看见，都连手围绕，向他的车里投果子，往往满载而归。河阳：在今河南孟州境内。 ⑨ 死芳色：为他的美貌所倾倒。死，意指爱极。

翻译

上朝穿的官服不要长大，
花纹与袍缝恰相重合齐齐整整。
铃声嘤嘤响，他骑着白马走来，
马头上尽是黄金的饰物，十分沉重。
早晨醒来，觉得香气不适宜，
滑润的珊瑚枕也感到发涩而难以称心。
家里呆不住，叫上歌儿舞妓，
去那蒲草丛生的暖和沙滩上纵饮。

燕子将要进窝，啼叫着，踏到帘钩上，

日光如虹，映射着暗淡、冷清的屏风。

才貌双全的潘岳却远在河阳，

家中没有人为他的俊美而倾心舍命。

赠陈商[①]

一个春天的傍晚，朋友陈商来访，诗人写了这首长诗为赠。首八句自叙政治上的“穷拙”。九至十二句，叙述陈商布衣好礼，学习古文，不与时合；十三至十六句，写自己门前冷落，陈商来访；十七至二十二句，以高峻挺拔的华山作比，赞扬陈商学行的高超；二十三至二十六句，自叙不肯奔走权贵之门，宁愿艰苦自持；二十七至三十二句，自叙任奉礼郎的卑微境遇；末两句表白了迫切希望施展抱负的心迹。通过以上的叙述和描写，反映了当时政治黑暗、才智之士遭摈弃而得不到重用的现实。

① 陈商：字述圣，陈宣帝五世孙，散骑常侍陈彝之子。元和九年(814)中进士，官至秘书监，封许昌县男。有著述十七卷。

长安有男儿[①]，二十心已朽。《楞伽》堆案前[②]，《楚辞》系肘后[③]。人生有穷拙，日暮聊饮酒。只今道已塞，何必须白首[④]。凄凄陈述圣，披褐锄俎豆[⑤]。学为尧舜文[⑥]，时人责衰偶[⑦]。柴门车辙冻[⑧]，日下榆影瘦。黄昏访我来，苦节青阳皱[⑨]。太华五千仞[⑩]，劈地抽森秀[⑪]。旁苦无寸

寻[12]，一上戛牛斗[13]。公卿纵不怜[14]，宁能锁吾口[15]？李生师太华[16]，大坐看白昼[17]。逢霜作朴樕，得气为春柳[18]。礼节乃相去，憔悴如刍狗[19]。风雪直斋坛[20]，墨组贯铜绶[21]。臣妾气态间[22]，唯欲承箕帚[23]。天眼何时开？古剑庸一吼[24]。

---

① 男儿：诗人自称。 ②《楞伽》(léng qié)：即《楞伽经》，佛经名，是法相宗所依的经书之一，宣说世界万有由心所造，认识的对象不在外界而在内心。 ③《楚辞》：见前《昌谷北园新笋四首》(其二)注。 ④ 须：等待。 ⑤ 披褐(hè)：穿着粗布衣服。俎(zǔ)豆：古代祭祀时所用的两种盛放祭品的器物名。这里用为动词，表示演习礼仪。这两句讲陈商布衣好礼。 ⑥ 尧舜文：像《尚书》中《尧典》《舜典》那样的古朴散文。 ⑦ 责：要求。衰偶：指衰靡排偶的骈体文。 ⑧ 柴门：用树枝编造的门。车辙冻：车轮的迹印冻结，谓很少有人来访。 ⑨ 青阳：同"清扬"。古代"扬"字单用，往往指人的额部。"清扬"连用，或指眉目上下，包括额部。见《诗·鄘风·君子偕老》篇《毛传》与孔颖达《正义》。这里的"青阳"当专指额部。 ⑩ 太华：指华山，在今陕西华阴境内。《山海经·西山经》载，太华之山，其高五千仞。古时高八尺为一仞。 ⑪ 抽：拔长，挺出。形容太华山劈地而出，抽拔挺立。 ⑫ 寻：古时长八尺为一寻。 ⑬ 戛(jiá)：触动，碰撞。牛斗：牛，二十八宿之一；斗，北斗。这里泛指星宿。 ⑭ 公卿：指朝廷高级官员。 ⑮"宁能"句：表示自己要称道

陈商。 ⑯ 李生：李贺自指。师：效法。太华：喻指陈商。 ⑰ 大坐：大模大样地坐着。看白昼：闲坐着消磨时光。这是表示对权贵的蔑视。 ⑱“逢霜”二句：朴樕(pò sù)：一名心树，木质坚硬，可作柱子。这两句表示遇艰苦则坚定自持，得欢快也小自舒畅。 ⑲“礼节”二句：相去，相离。刍(chú)狗，用草扎成的狗，祭祀时使用。这两句谓作此奉礼郎，为礼节所迫，使自己离开本有的意愿，憔悴如刍狗，受人摆弄。 ⑳ 直：同“值”，即值班。斋坛：祭坛。㉑ 墨组：黑丝带。绶(shòu)：拴在印钮上的丝带。“墨组贯铜绶”：即黑丝带穿在铜印上作绶带。 ㉒ 臣妾：犹奴婢。 ㉓ 唯欲：只能。箕帚：簸箕扫帚。承箕帚：指替人做低贱的事情。 ㉔“古剑”句：据说战国时曾有人去盗王子乔的墓，发现里面只悬了一把剑，刚准备去拿，剑发出龙鸣虎吼的响声，飞上天去。见《太平御览》卷三四三。这里借古剑自比。庸：乃，于是。

翻译

长安城里有一个男子汉，

二十岁的年纪心灵已枯朽。

《楞伽》佛经堆放在桌上，

《楚辞》常常带在手肘后。

人生有时会弄得穷困无能，

对着黄昏，姑且喝几杯酒。

如今前进的道路已堵塞，

何必存在幻想等白了头。

清苦可怜的朋友陈述圣，

穿着粗布衣，边耕锄，边陈列俎豆。

学成了尧舜时代的古朴文体，

时髦人却要求他写衰朽的骈偶。

我的柴门前车迹稀稀落落，

夕阳西下，榆树影子又长又瘦。

黄昏时候，你来访问我，

你苦守节操，致使额上已经打皱。

你像那五千仞的太华山，

劈地而出，抽拔挺立，森严而灵秀。

身旁连一寸一寻的土堆都没有，

却独立冲云霄，触动牵牛与北斗。

达官贵人纵然不赏识你，

哪能锁得住我的口。

我李生要师法你这太华山，

傲然端坐，观看长天白昼。

逢上寒霜就做那坚强的朴樕，

得到暖气就做那柔美的春柳。

当了奉礼郎，却迫使我离开这个意愿，

面黄肌瘦，如同任人摆弄的刍狗。

刮风飘雪，仍然在斋坛上值班，

佩带铜印，贯穿着黑丝带的印绶。
像奴婢受人颐指气使，
只能乖乖地替人捧簸箕拿扫帚。
老天的眼睛不知什么时候能睁开，
也让我这把沉沦的古剑大声一吼！

感春

春暖花开，本应欢畅。但诗人家贫亲老，萧条悲苦。除应时迎祥禳灾，只有弹琴排遣，便写了这首五律来抒发愁闷。中间两联遣辞、含意委婉隐约。

日暖自萧条[①]，　**花悲北郭骚**[②]。
榆穿莱子眼[③]，　**柳断舞儿腰**[④]。
上幕迎神燕[⑤]，　**飞丝送百劳**[⑥]。
胡琴今日恨[⑦]，　**急语向檀槽**[⑧]。

① 萧条：寂寞冷落。　② 北郭骚：《吕氏春秋·士节》载，齐国有个名叫北郭骚的人，靠编网、捆蒲苇、织鞋子供养他的母亲。李贺有母而家贫，故以北郭骚自比。　③ 莱子：吴正子谓当作“来子”。南朝宋废帝时曾铸过一种劣质小钱，叫作来子，形似榆荚。农历二月，榆荚中间鼓起裹子的部分颜色变紫，即谓之穿眼。这句诗说家贫没有一文钱，只有形状像来子钱一样的穿眼榆荚。　④ 舞儿腰：形容柳枝柔软。这句是说没有舞妓相娱乐，只有比舞妓的腰更加柔软的柳条。　⑤ 上幕：犹张幕。神燕：古人认为燕子到来是祈求生子的时候，于是便祭神禖而求子，故谓之神燕。见《礼记·月令》及

注。 ⑥飞丝：指用绳系在箭上发射，即所谓“弋射”。百劳：即“伯劳”。古代相传以伯劳为恶鸟，认为伯劳鸣，必有凶，故应时有送伯劳的风俗。见曹植《恶鸟论》。 ⑦胡琴：一种琵琶类的乐器，不是今天所称的胡琴。 ⑧急语：指频繁急切的琴声。檀槽：指用紫檀木所作的琴槽。

翻译

天气变暖，但家境仍冷落萧条，

百花齐开，更使我这北郭骚悲伤无聊。

一文不名，只有像来子钱一样的“穿眼”榆荚，

不见舞妓，倒有比舞妓细腰更柔软的柳条。

张开帘幕，迎接神燕，

弋射飞丝，送走伯劳。

弹起胡琴，借以抒发今日的愁恨，

频繁急切的乐声扑向那紫檀琴槽。

仙人

唐宪宗元和年间，召田伏元入禁中，方士辈竞趋供奉。诗人写这首诗给予辛辣的嘲讽。前六句描写仙人悠然自得的生活，认为这是他们的本分。末两句掉转笔锋，揭穿了这辈人趋炎求荣的把戏。“当时汉武帝”，是借古讽今的说法，实际是指当朝皇帝。“涧”说“寒涧”，“海”说“清海”，故意反衬这辈人的炙热、浑浊，讽刺他们不如鱼鹿。

弹琴石壁上，　翻翻一仙人①。
手持白鸾尾②，　夜扫南山云③。
鹿饮寒涧下，　鱼归清海滨④。
当时汉武帝，　书报桃花春⑤。

---

① 翻翻：犹翩翩。一本作“翩翩”。　② 白鸾：古人认为鸾是凤类祥瑞之鸟，色青的称青鸾，色白的称白鸾。　③ 南山：指终南山。　④“鹿饮”二句：比喻仙人生活清苦闲适。　⑤ 桃花：指王母仙桃开花。见前《浩歌》注。

翻译

在石壁上悠闲地弹着琴，
风度翩翩，是一位仙人。
手里拿着灵异的白鸾尾，
夜里用来拂扫南山的浮云。
他的清苦，犹如鹿饮冰冷的涧水，
他的闲适，犹如鱼游清静的海滨。
在汉武帝谈神仙求长生那个时候，
他却上书报告仙桃开花的喜讯。

蝴蝶飞[1]

这首诗描写一位长期独处的少妇正在春风帐里入睡，年轻的丈夫出外远游，终于归来。其乐如何，自不待言。短短四句，活灵活现地表明了少妇的贞好、孤寂和少年郎的潇洒不羁，写法上很有特色。上两句写闺人独处，字面上却不说出，只描绘屏风、彩衣，而其人便隐约可见；下两句写远游少年郎，以飘忽不定的蝴蝶作比，奇妙自然。意趣浓艳，语气婉约，继承了齐梁诗体的风调。

① 飞：一本作“舞”。

杨花扑帐春云热[1]，　　龟甲屏风醉眼缬[2]。

东家蝴蝶西家飞，　　白骑少年今日归[3]。

---

① 春云：一语双关，既指春天的云气，又指少妇卧帐内散发出的温暖气息。　② 龟甲屏风：有龟甲纹饰的屏风。醉眼缬（xié）：当时一种彩色丝织品的名称。这里指用它所做的花衣服。　③ 白骑：犹白马。诗中的“白骑少年”或许有所指。

翻译

杨花轻轻扑打着室内的卧帐，
卧帐里散发着春天的温热气息。
床前一幅华贵的龟甲屏风，
床上搭着她那美丽的彩衣。
年轻的丈夫长期出门在外，
就像蝴蝶一般到处飘飞。
正在今日这个时候儿，
他骑着白马回到自己家里。

梁公子[1]

当时有一个出身于萧梁皇室的统兵将帅，乔装打扮，寻花问柳，在兵营中以书信跟妓女相联系。作者写了这首诗进行讽刺。遣辞委婉，兼用比兴，末句画龙点睛，道破机关。

① 南朝梁起于萧衍、终于萧方智，诗中讽刺的对象属于萧梁的后裔，所以称作“梁公子”。

风采出萧家，　本是菖蒲花[1]。
南塘莲子熟[2]**，　洗马走江沙**[3]。
御笺银沫冷[4]**，　长簟凤窠斜**[5]。
种柳营中暗[6]**，　题书赐馆娃**[7]。

---

①“本是”句：《梁书·列传第一》载，太祖献皇后张氏，在室内忽然看见菖蒲开花，非常绚丽，问侍者看见没有，侍者说没看见。张氏以为看见此花将会富贵，便取花来吞服，不久生下高祖。诗中以菖蒲花比喻出身于帝王世家的贵人。菖蒲，见前《大堤曲》注。　②“南塘”句：古《西州曲》道：“采莲南塘秋，莲花过人头。低头弄莲子，莲子清如水。”作者暗用此典，语意双关，既表示出游的时间，又暗指其时妓

女群伙出现，卖弄风情。 ③ 洗马：这里指洗刷马匹，乔装打扮。④ 御笺：可供皇帝使用的笺纸。银沫：犹银屑。洒银屑于笺纸上，作为装饰，称为冷银笺。诗句中故意置“冷”字于后，使与下句的“斜”字对仗。 ⑤ 簟（diàn）：竹席。风窠：唐时在绫罗上所织的一种有双凤形的图案。 ⑥“种柳”句：《晋书·陶侃传》载，陶侃镇守武昌，让各兵营种植柳树。这里指兵营中草木浓密，气势森严。 ⑦ 馆娃：《方言》卷二载：“吴有馆娃官，吴人呼美女为娃。”这里指妓女。

翻译

看他的风采，显然出自萧梁世家，

追本寻根，原是帝王苗裔菖蒲花。

在南塘莲子成熟的时节，

却乔装打扮，骑马沿江溜达。

御用的笺纸洒着银花，

织有双凤的竹席铺在地下。

身处密柳夹道的森严兵营，

却写信寄给那相好的馆娃。

牡丹种曲

中唐时期，京都贵族赏玩牡丹成风。他们挥霍大量金钱，购买、栽种牡丹，花天酒地，日夜游赏。这首诗用华丽浓艳的词藻描绘了这种情景，揭露和嘲讽了他们的奢侈浪费、劳民伤财和玩物丧志。前两句写以重金买牡丹的时节和狂热程度；三、四两句写买来后种植的情况；五、六两句写从早至暮，饮宴赏花；七、八两句写赏花时起舞奏乐，以娱宾客；九、十两句写花萎色衰，不再吸引人；末尾两句写酒阑人散，花前寂寞的光景。

莲枝未长秦蘅老①，　走马驮金劚春草②。
水灌香泥却月盆③，　一夜绿房迎白晓④。
美人醉语园中烟，　晚花已散蝶又阑⑤。
梁、王老去罗衣在⑥，　拂袖风吹《蜀国弦》⑦。
归霞帔拖蜀帐昏⑧，　嫣红落粉罢承恩⑨。
檀郎谢女眠何处⑩，　楼台月明燕夜语。

---

① 秦蘅(héng)：一种香草。　② 劚(zhú)：挖掘。春草：指牡丹。
③ 却月盆：半月形的花盆。　④ 绿房：指花苞。迎白晓：迎着黎明

开放。 ⑤ 散：指花瓣枯萎松散。阑：稀少。 ⑥ 梁、王：可能是指已年老死去的姓梁和姓王的两个著名歌女。罗衣：指正在席间歌唱的著名歌女。 ⑦《蜀国弦》：乐府曲名。见前《蜀国弦》注。 ⑧ 归霞：即晚霞。帔（pèi）拖：像披肩一样拖曳着。帔，古代披在肩背上的服饰，即披肩。蜀帐：用蜀产笺纸制作的护花纸帐。 ⑨ 嫣红：指艳美的牡丹花。落粉：卸妆。这里指花朵蔫萎。罢承恩：不再受到观赏。 ⑩ 檀郎：即潘岳。晋潘岳小名檀奴，因称。见前《贾公闾贵婿曲》注。谢女：指晋代才女谢道韫。这里"檀郎""谢女"泛指游宴的贵族年轻男女。

翻译

当莲花枝干还未长出，秦蘅已经衰老，
人们赶着马，驮着金子，去买牡丹苗。
把它栽在半月形花盆里，培上香泥，浇上水，
一夜间，绿色花苞欲放，迎着拂晓。
美人们说话带着醉意，花园中轻烟缭绕，
傍晚，花瓣儿已披散，蝴蝶也渐渐稀少。
著名歌女梁、王年老死去，罗衣还活跃，
她拂袖起舞，随风飘来《蜀国弦》的曲调。
晚霞低垂如披肩，花帐里昏暗起来，
艳美的花朵衰萎，再得不到观赏欢笑。
公子哥儿和小姐们都睡到哪儿去了，
楼台上月光明亮，夜空中只有燕子叽叽叫。

后园凿井歌[1]

这首诗描写一对幸福的夫妻，他们情投意合，热爱生活。前五句使用了比兴、问答的方法，进行客观描写；后四句一转，设为夫妇自白，直接表述其主观愿望。全诗语气跌宕，蕴意深厚，句法拟古歌谣，古朴而富有民歌情趣。

①《晋书·乐志》所载《拂舞歌诗·淮南王篇》中有"后园凿井银作床"一句，这首诗的题目可能出于此，但含义与原作不同。

井上辘轳床上转[1]，
水声繁，弦声浅[2]。
情若何？ 荀奉倩[3]。
城头日，长向城头住；
一日作千年，不须流下去。

---

① 辘轳(lù lú)：井上的汲水器具，由木架、转轴和汲水绳三部分组成。床：井上平台，是设置辘轳的地方。这句以汲水绳缠绕转轴，比喻夫妇互相依靠。 ② 弦：一本作"丝"，指汲水绳。这句比喻夫妇相唱和。 ③ 荀奉倩(qiàn)：《三国志·魏书·荀彧传》裴松之注

载，荀粲字奉倩，与妻子感情非常好。这里作为恩爱夫妻的典型。

翻译

汲水辘轳井台上转，
滴水声响亮，绳索声低慢。
细语缠绵像何人？
夫妻恩爱恰似荀奉倩。
城头上的太阳啊，
但愿能够长留住；
一天当作一千年，
太阳不沉落，永远无昏暮。

开愁歌花下作[①]

诗人满怀抱负，却备受排挤，居于闲散潦倒之中，心情郁结，愤懑至极。只有借酒排遣，写诗发泄。这首诗正是抒发这类心情的代表作之一。前四句写秋景肃杀，失意愁苦；中间四句写贫困激愤，解衣贳酒；末四句写醉酒失态，主人劝慰。全诗笔调豪放，意境苍凉。

① 开愁：开解忧愁。花下：指在秋天花树下。有人解作华山下。

秋风吹地百草干，　华容碧影生晚寒[①]。

我当二十不得意，　一心愁谢如枯兰。

衣如飞鹑马如狗[②]，　临岐击剑生铜吼[③]。

旗亭下马解秋衣[④]，　请贳宜阳一壶酒[⑤]。

壶中唤天云不开[⑥]，　白昼万里闲凄迷。

主人劝我养心骨，　莫受俗物相填豗[⑦]。

---

① 华容：指花。华：通“花”。碧影：指树。　② 衣如飞鹑(chún)：形容衣服破烂。鹑：鹌(ān)鹑，鸟名，头小尾短，羽毛赤褐色，有暗黄色条纹。　③ 岐：同“歧”，指岔路。　④ 旗亭：指酒楼。　⑤ 贳(shì)：

赊欠。宜阳：李贺的家乡，今河南宜阳。 ⑥ 壶中唤天：对着酒壶呼唤苍天，是醉后失态的表现。 ⑦ 填豗(huī)：骚扰影响的意思。

翻译

秋风吹得大地上百草枯干，
花儿树影都带有傍晚的微寒。
我正当二十岁，仍然不得意，
一颗心愁得如同衰枯的秋兰。
衣服烂得像飞扑的鹌鹑，马瘦得像一条狗，
我站在岔路口击着剑，剑鸣如吼。
来到旗亭跳下马，脱了秋衣，
把它交给店家，赊了一壶宜阳酒。
醉中对着酒壶呼唤上天，云门却不见散开，
长天白日，只觉得无聊、凄凉、迷惘。
店主人劝我保养心力身骨，
不要受尘世俗物的骚扰影响。

杨生青花紫石砚歌[①]

这首诗热情地歌颂了端州石工高超的手艺，用浪漫的比喻、细腻的笔触，描述了采石、制砚的情景和所制青花紫石砚的精美。意境开阔，形象生动，造语奇妙，用典纯熟。

① 杨生：砚台的主人。青花紫石砚：有青色纹理的紫石端砚。

端州石工巧如神[①]， 踏天磨刀割紫云[②]。
佣刓抱水含满唇[③]， 暗洒苌弘冷血痕[④]。
纱帷昼暖墨花春[⑤]， 轻沤漂沫松麝薰[⑥]。
干腻薄重立脚匀[⑦]， 数寸光秋无日昏[⑧]。
圆毫促点声静新[⑨]， 孔砚宽顽何足云[⑩]！

---

① 端州：今广东肇庆。《端溪砚谱》载，端州有斧柯山，峰高入云，上有龙岩，岩石深紫色，用来造砚台，叫作紫石砚。 ②“踏天”句：石工登上峰顶开采紫色石料，好像踏在天上割取紫云一样。 ③ 佣（yōng）：均齐。刓（wán）：削刻。抱水：注满水。 ④ 苌弘：见《秋来》注。这句形容砚台里隐现的青花纹理，犹如苌弘的碧血痕迹。 ⑤ 纱帷（wéi）：纱帐。这里指书房。 ⑥ 沤（ōu）：水泡。松麝（shè）

薰(xūn):墨用松烟和入麝香做成,磨墨时就发出松麝的芳香。薰:香气。 ⑦ 腻:润。薄:淡。重:浓。脚:墨脚,即墨锭下端接触砚石的部分。匀:均匀稳定。这句说由于砚石细腻,雕刻精致,研墨时无论墨汁干、润、淡、浓,墨脚都很均匀稳定。 ⑧“数寸”句:光秋,形容墨汁如光洁的秋空。日昏,形容墨汁浑浊,与“光秋”相对。这句是说数寸大小的砚台里的墨汁如秋空般光洁澄净,没有一点浑浊。⑨ 圆毫:毛笔。促点:用笔蘸墨的动作。 ⑩ 孔砚:孔子用过的砚台。这句是托高题意的写法。

翻译

端州石工的手艺真是灵巧如神,

磨刀采石山顶上,犹如脚踏青天割紫云。

均匀地制成砚台,注上水,像满含的嘴唇,

砚台里花纹隐现仿佛苌弘的碧血印痕。

纱帐中白天暖融融,磨动的墨花添春意,

轻盈的墨泡和漂动的墨沫散发出松麝的芳芬。

墨汁干、润、淡、浓,墨脚都均匀稳定,

小小砚台里的墨汁像秋空般光洁,没半点浊浑。

用笔尖蘸着墨花,发出细微、清新之声,

那又大又粗的孔砚有什么值得称颂!

铜驼悲[①]

作者考进士受阻，心绪草草，深感失意，因作这首诗自行宽解。诗中借铜驼的感情，来抒发自己的悲愁，立意新颖。不径直写自己之悲，却说铜驼都会作悲，可见其悲之深。而“生世莫徒劳，风吹盘上烛”，则是壮志受挫后无可奈何的感叹。

①《洛阳记》载，铜驼街有汉铸铜驼二枚，在宫之南四会道头，高九尺，头似羊，颈似马，有肉鞍，夹路相对。俗语道：“金马门外聚群贤，铜驼陌上集少年。”是讲人物的繁盛。

落魄三月罢[①]，　寻花去东家[②]。
谁作送春曲？　洛岸悲铜驼[③]。
桥南多马客[④]，　北山饶古人[⑤]。
客饮杯中酒，　驼悲千万春[⑥]。
生世莫徒劳，　风吹盘上烛[⑦]。
厌见桃花笑[⑧]，　铜驼夜来哭。

---

① 落魄：失意漂泊。　② 寻花：出游观花。东家：东面邻居。③ 洛岸：洛水岸边。　④ 桥南：游乐的地方。马客：骑马游乐的

人。 ⑤ 北山：殡葬之地。饶：多。古人：指已死的人。 ⑥ 千万春：犹千万年。 ⑦“风吹”句：比喻人生的短暂、无常。 ⑧ 笑：指花开。

翻译

失意漂泊，正是三月春尽时，
看花遣闷，漫步去东家。
谁来作一首送春的歌曲呢？
让我来把洛水岸边铜驼之悲写一下。
桥南边尽是骑马游乐的人，
北山上有许多古人的坟园。
游客畅饮着杯中的美酒，
铜驼却悲叹千年来的变迁。
生活在世上不必为名利徒然操劳，
人生短暂，就像风吹盘上的残烛。
铜驼无心欣赏盛开的桃花，
夜里它在为人世短促而啼哭。

艾如张[1]

这首诗借诱捕鸟雀的罗网比喻统治阶级暗设的害人圈套。这罗网无形无影，不露痕迹，且有“笼媒”来诱捕同类，还有“艾叶绿花”的巧妙伪装，里面祸机深藏，不小心触到它，就会头破血流，祸患无穷。这是中唐时期政治非常险恶的写照。

①《艾如张》：本为汉乐府旧题，是《铙歌十八曲》之一。古词《艾如张》原题意是铲除草木而张网捕鸟（艾，同“刈”），北魏的温子升则说：“张机蓬艾侧，结网槿篱边。”是以“艾”为蓬艾之艾（见《野客丛书》）。李贺这首诗内有“艾叶绿花”，即取温诗之意。

锦襜褕，绣裆襦[1]，　强饮啄，哺尔雏[2]。
陇东卧穟满风雨[3]，　莫信笼媒陇西去[4]。
齐人织网如素空[5]，　张在野田平碧中[6]。
网丝漠漠无形影[7]，　误尔触之伤首红[8]。
艾叶绿花谁剪刻[9]？　中藏祸机不可测！

---

① 襜褕（chān yú）：对襟单衣。裆襦（rú）：裤子之类。这两句是用衣

裳的锦绣比喻鸟儿羽毛的美丽。 ② 雏(chú):幼鸟。 ③ 陇:同“垄”,田头高地。卧穟(suì):倒伏的庄稼。穟,同“穗”。 ④ 笼媒:把鸟驯养在笼中,借其鸣声来诱捕别的鸟,这种鸟叫“笼媒”,俗称诱子。 ⑤ 齐:古国名,在今山东泰山以北黄河流域和胶东半岛一带。相传齐人善捕鸟鱼,织网的技术很高。素空:透明的天空。 ⑥ 平碧:平原绿野。 ⑦ 漠漠:淡漠不显之意。 ⑧ 伤首红:被伤害而头破血流。 ⑨ 艾叶绿花:把艾叶交错如花铺缀网上,以作伪装。剪刻:剪裁刻削。这里指装饰。

翻译

披一身锦绣般的羽毛,
一只多么令人喜爱的鸟。
努力地寻觅食物,
把你巢中的小鸟喂饱。
田垄东边风大雨急,把禾穗吹倒,
别到垄西去,不要听信笼媒鸟的鸣叫。
齐国人擅织透明如空的罗网,
那平原绿野的地方有罗网笼罩。
那网丝的形影难以看到,
触上它会头破血流难以脱逃。
谁刻剪的艾叶绿花伪装网上多巧妙,
里面藏着致祸的机关实难预料!

摩多楼子

《摩多楼子》是乐府曲名，大都写从军征戍之事。这首诗也是描写士兵辛苦征戍的事情。先写戍地偏远，环境恶劣。“玉塞”指西北，“辽水”指东北，是说军队有开往西北的，也有开往东北的；接着写由于征行日久，双股的穿甲线都磨断了；又写他们辛苦地夜行军，天明时听到胡人的马蹄声，可知战事非常紧迫；最后以士兵们临水话别，各奔东西作结。全诗境界开阔，情绪高昂，反映了诗人的爱国主义精神。

玉塞去金人，　　二万四千里[①]。
风吹沙作云，　　一时渡辽水[②]。
天白水如练[③]**，　　甲丝双串断**[④]。
行行莫苦辛，　　城月犹残半。
晓气朔烟上[⑤]**，　　趚趗胡马蹄**[⑥]。
行人临水别，　　陇水长东西[⑦]。

---

①“玉塞”二句：是说塞外距离京城十分遥远。玉塞：玉门关，在今甘肃敦煌西。金人：秦始皇曾在咸阳铸十二金人，这里用“金人”借指

京都长安。 ② 一时：极言时间短暂。辽水：这里指东北边境的河流。 ③ 练：白绢。 ④ 甲丝：缝制战衣的线。双串：指双股的线。⑤ 朔烟：指北方边塞的烽烟。古时遇有敌人来犯，就举火烧烟报警。⑥ 𧾷鹿𧾷促(lù cù)：脚步细碎、急促。 ⑦ 陇水：指陇山岭旁东西分流之水。陇，陇山，在今陕西。这两句是说士兵们在水边告别，像陇水一样各奔东西，永难再会。

翻译

从玉门关到京都长安，
路程遥远而又遥远。
狂风吹起黄沙作云作雾，
辽东的军队也在短期内渡水越险。
天空明净，河水如同洁白的丝绢，
征衣上的双股线已经磨断。
士兵们不辞辛苦兼程前进，
城头上仍是残月在天。
晓雾中升起了北国烽烟，
胡人的马蹄声急急促促听来不远。
士兵们在水边相互洒泪告别，
像陇水各奔东西再难相见！

猛虎行

《猛虎行》是古乐府名，李贺借用旧题，讽刺时事，抨击藩镇之害。唐代从“安史之乱”以后，藩镇割据日益严重。他们擅立旗号，公开对抗朝廷，而且世代相袭，残害百姓，严重地破坏了国家的统一和人民生活的安定。这些在本诗中得到了概括的反映。诗人使用比拟手法，处处借写猛虎揭露藩镇的狰狞面目和残害人民的罪行，表现了诗人主张消除“藩镇之祸”的鲜明政治态度；同时，对朝廷的腐败昏庸，弃置贤能，作者也给予了讥讽，并发出了“何用尺刀，壁上雷鸣”的慨叹。

长戈莫舂[①]，　强弩莫抨[②]。
乳孙哺子[③]，　教得生狞[④]。
举头为城，　掉尾为旌[⑤]。
东海黄公，　愁见夜行[⑥]。
道逢驺虞[⑦]，　牛哀不平[⑧]。
何用尺刀[⑨]？　壁上雷鸣[⑩]。
泰山之下，　妇人哭声[⑪]。
官家有程，　吏不敢听[⑫]。

① 戈：古代的一种兵器。舂（chōng）：犹冲，冲击、撞击之意。 ② 弩（nǔ）：用机械力量发箭的弓。抨（pēng）：弹，射。这两句是说虽有精良的武器，却无法用来杀死这种“猛虎”，形象地说明藩镇气焰嚣张。 ③ 乳：喂养。哺：哺育。 ④ 生狞：凶野狰狞。这两句是说“老虎”哺养子孙，相继作恶。比喻藩镇世袭，割据作乱。 ⑤“举头”二句：极言“老虎”躯体庞大，非常威猛。比喻藩镇势力强大，割据一方，称王称霸，同朝廷对抗。语本《吕氏春秋·行论》：“比兽之角，能以为城，举其尾，能以为旌。” ⑥“东海”二句：暗指藩镇强大，威胁朝廷。黄公：传说为东海人，曾降伏猛虎，后因年老体衰，被虎吃掉。事见《西京杂记》。 ⑦ 驺虞（zōu yú）：传说中的一种“义兽”，样子像虎，但不害人伤生。 ⑧ 牛哀：人名，即“公牛哀”。相传他生病七天以后变成老虎，把探望他的哥哥都吃掉了。事见《淮南子·俶真》。诗中的“牛哀”，即指凶残的猛虎。这两句是说“猛虎”在路上碰到义兽驺虞，对它愤愤不平。比喻专横作乱的藩镇不满意那些服从朝廷的藩镇。 ⑨ 尺刀：短刀。 ⑩ 雷鸣：古代传说灵异的宝刀良剑在有敌情时，会发出鸣叫之声。这两句是说虽有宝刀，但挂在墙上空鸣，无补于事。比喻虽有志士豪杰，但不被任用，无能为力。 ⑪“泰山”二句：据《礼记·檀弓》载，孔子路过泰山，见一妇人在哭。派子路询问，妇人诉说其公公、丈夫、儿子都被老虎吃掉了。又问为什么不离开这里，回答说因为这里无苛政。诗中活用这个典故，揭露藩镇残害人民的罪恶。 ⑫“官家”二句：是说官府虽规定了捕虎期限，但官吏畏虎，不敢捕捉。暗指朝廷衰弱，政令不行。程：期限。

翻译

虽有长戈，却不能把猛虎刺，

虽有强弓，却不能把猛虎击。

猛虎哺育子子孙孙，

要它们像自己一样凶残毒狠。

它把头举起，就像一座城池，

它把尾翘起，就像一面旌旗。

曾经降伏猛虎的东海黄公，

如今怕虎也不敢夜间出行。

猛虎途中遇到似虎的驺虞，

因其不害人伤生而大怒不平。

宝刀利剑不能发挥作用，

被挂在墙上，悲愤吼啸如雷鸣。

泰山脚下，虎害复生，

今日又传来了妇人的哭声。

官府虽然定有捕捉猛虎的限期，

但衙吏们畏惧，不敢听从。

拂舞歌辞

拂，即拂尘，是用马尾之类做成的拂除尘埃的掸子。“拂舞歌”，是古代江南民间持拂而舞、兼歌其辞的一种舞曲。李贺借题作诗，针对以唐宪宗为首的上层统治者觅仙服丹、妄求长生的荒诞行径，指出即使炼成仙丹，服食后化作神蛇，仍难免变为泥土；就是果真像老龟一样“背有八卦称神仙”，也没有什么值得羡慕的。“邪鳞顽甲滑腥涎”，着实令人讨厌。诗人还意味深长地指出：世上的事物总有消亡的一天，只有“吴堤绿草年年在”，即大自然的生机才能绵绵不断。但同时他又认为饮酒作乐胜过服丹求仙，暴露了他思想消极的一面。

吴娥声绝天[①]**，空云闲徘徊**[②]**。**

门外满车马，亦须生绿苔[③]**。**

樽有乌程酒[④]**，劝君千万寿**[⑤]**。**

全胜汉武锦楼上[⑥]**，晓望晴寒饮花露**[⑦]**。**

东方日不破，天光无老时[⑧]**。**

丹成作蛇乘白雾，千年重化玉井土[⑨]**。**

从蛇作土二千载，吴堤绿草年年在[⑩]**。**

背有八卦称神仙[11]，邪鳞顽甲滑腥涎[12]。

---

① 吴娥:吴地(今江浙一带)的歌女。 ②“空云”句:是说听到吴娥动听的歌声,连空中的行云也徘徊倾听而不愿离去。 ③“门外”二句:是说眼下门前车水马龙,宾客盈门,但也有冷落萧条、青苔满径的时候。 ④ 樽(zūn):酒器。乌程:旧县名,治所在今浙江吴兴南,相传古有善酿酒的乌、程二姓,故名。 ⑤ 千万寿:祝福之辞。意谓祝人长寿,能活千岁万岁。 ⑥ 汉武锦楼:汉武帝所造神明台,上有金铜仙人。锦楼即彩楼,指神明台。 ⑦ 饮花露:指汉武帝为求长生而饮服露水玉屑事。并见前《金铜仙人辞汉歌》注。 ⑧“东方”二句:是说太阳若能永远不落,时光也就没有暮夜,但这是不可能的。言外之意是说人随时光流逝而衰老死亡,这是自然规律;饮露食丹以求长生,徒劳无益。 ⑨“丹成”二句:是说即使炼成仙丹,服用后变成神蛇,腾云驾雾在空中飞行,但千年后仍会化作井中的泥土。按此二句连同下四句化用曹操《龟虽寿》诗:“神龟虽寿,犹有竟时;腾蛇乘雾,终为土灰。”蛇:即腾蛇,古代传说一种能腾云驾雾的神蛇。玉井:砌造精美的井。 ⑩“从蛇”二句:是说即使从神蛇变作泥土的过程能有两千年,但终将难免一死,还是不能像吴堤上的绿草年年常在,生生不已。 ⑪ 八卦:古代占卜用的八种简单图形。这里指龟背上的花纹。古人认为龟有神灵,常用以占卦,故曰“背有八卦称神仙。” ⑫ 邪鳞顽甲:横斜的鳞纹,坚硬的甲壳。邪,同“斜”。涎:黏液。

翻译

权贵家吴女的歌声响彻云天，
吸引得空中的彩云也徘徊不前。
朱门外车马拥挤甚喧闹，
但总有一天，这里也要生满苔藓。
乌程美酒装满了一坛又一坛，
尽情畅饮，愿您长寿千万年。
远远胜过汉武帝在神明台上，
拂晓望寒天晴空，饮甘露企望成仙。
东方升起的太阳如能永远不落，
时光不流逝，人便无老年。
纵然能服仙丹成神蛇腾云驾雾，
千年后重又变作玉井中的泥土一团。
从蛇变土就算能经历二千载，
也不能像吴堤的绿草，年年常在。
纵然如老龟背生八卦称神仙，
但鳞斜甲硬，黏液腥滑，不免招人厌！

巫山高[1]

这首诗在描写巫山的景色时融进了有关巫山神女的神话传说，写得缥缈幽冷，其风调、意趣很像《楚辞·九歌》。

①《巫山高》：本为乐府古题，是《汉铙歌十八曲》之一。巫山：在今重庆巫山县东。

碧丛丛[1]，高插天，大江翻澜神曳烟[2]。
楚魂寻梦风飔然[3]，晓风飞雨生苔钱[4]。
瑶姬一去一千年[5]，丁香筇竹啼老猿[6]。
古祠近月蟾桂寒[7]，椒花坠红湿云间[8]。

① 丛丛：群峰簇聚的样子。 ② 大江：指长江。神：指巫山神女。曳(yè)烟：指神女在烟云中飞行，长裙拖带着云彩。 ③ 楚魂寻梦：指楚襄王（一说楚怀王）梦遇巫山神女的故事，见宋玉《神女赋》。飔(sī)然：凉飕飕。 ④ 苔钱：苔藓，圆如铜钱，故称。 ⑤ 瑶姬：巫山神女名。相传为赤帝之女，死后葬于巫山之南，楚怀王梦见与其相遇，自称是巫山之女。见《襄阳耆旧传》。 ⑥ 丁香：即紫丁香。筇(qióng)竹：又名邛竹，古邛国（在今四川西昌东南）所产之竹，节长

心实。 ⑦ 古祠：指巫山神女祠，在巫山的对面。近月：极言山峰上的古祠位置高险。蟾桂：指传说中的月宫里的蟾蜍和桂树。⑧ 椒：花椒，灌木，子实紫红，开黄绿色小花。此处椒花实指花椒的子实，故曰“坠红”。

翻译

碧绿簇聚的巫山群峰高插云天，
长江翻波浪，神女长裙拖带着云烟。
楚王思念梦中神女，飕飕起凉风，
天亮后只见风吹细雨，苔藓处处生。
神女瑶姬一去千年杳无踪影，
丁香丛中筇竹林里不时传出老猿的啼声。
古祠接近月宫，蟾蜍桂树，高险阴冷，
山间的椒子儿坠落，把云朵染红。

平城下[1]

李贺曾经去过潞州，到过雁门、平城等边塞地带，对边塞生活有所体验。他看到当时的守边士卒受虐待，生活非常凄苦，感到十分同情和愤慨，便借守边士卒的口吻写了这首诗。士卒处境如此，仍然愿意战死沙场，报效祖国：“唯愁裹尸归，不惜倒戈死。”气氛十分悲壮。

① 平城：指秦代的平城县，在今山西大同一带，辖境在长城以北；并非唐代的平城县(在今山西上党)。

饥寒平城下，　夜夜守明月。
别剑无玉花[1]，　海风断鬓发[2]。
塞长连白空[3]，　遥见汉旗红[4]。
青帐吹短笛[5]，　烟雾湿画龙[6]。
日晚在城上，　依稀望城下。
风吹枯蓬起，　城中嘶瘦马[7]。
借问筑城吏，　去关几千里？
唯愁裹尸归[8]，　不惜倒戈死[9]。

① 别剑：离别家乡时所携带的剑。玉花：晶莹闪亮的剑光。这句是说剑已生锈，暗示离家已很久。 ② 海风：瀚海吹来的风。唐诗中的瀚海多指西北方的沙漠地带。 ③ 塞：城塞，这里指长城。白空：白茫茫的天空。 ④ 汉旗：两汉以后，长城以外的人称内地为汉地，汉旗即指唐王朝军队的旗帜。 ⑤ 青帐：军营。 ⑥ 画龙：指绘有龙图的旗帜。 ⑦ 嘶：马鸣。 ⑧ 裹尸：指死于饥寒而被草草裹敛尸体。 ⑨ 倒戈死：指战死沙场，戈倒于地。与“反戈一击”之意不同。

翻译

饥寒困扰着防守平城的士兵，

夜夜为伴的只有一轮明月。

离家时带来的佩剑已失去光华，

瀚海的狂风能把鬓发吹得断折。

漫长的边塞远远连接着灰白色的天空，

遥望内地，汉人的军旗火红。

军帐里传来了清亮的短笛声，

烟雾沾湿了军旗上的画龙。

傍晚站在城头上俯望，

只见城下一片昏昏蒙蒙。

寒风劲吹，枯草乱飞，

城里传来了饿马的嘶鸣。

请问筑城的官吏，

这儿到关内有几千里路程？

愁的是困死异乡裹尸回，

倒不惜战死沙场为国牺牲！

江南弄

古乐府有《江南曲》，南朝梁武帝改为《江南弄》，都以江南风景为题材。李贺相因袭，写了这首诗。前四句描写江南景物的美好，后四句描述江南人在山清水秀的环境中饮酒歌吟的畅适，表现了祖国山水的美好和诗人对她的热爱。

江中绿雾起凉波①**，　天上叠巘红嵯峨**②**。**
水风浦云生老竹③**，　渚暝蒲帆如一幅**④**。**
鲈鱼千头酒百斛⑤**，　酒中倒卧南山绿**⑥**。**
吴歈越吟未终曲⑦**，　江上团团贴寒玉**⑧**。**

---

① 绿雾：团雾从碧绿的江波中升起，故称"绿雾"。 ② 巘（yǎn）：山峰。这里喻指天上的红霞。嵯峨：山峰高峻之貌。 ③ "水风"句：是说水上的微风，浦边的云霭，好像是从竹林里生发出来的。 ④ 渚：水中小块陆地。暝：昏暗。蒲帆：用蒲草编制的帆篷。这句是说暮色苍茫，洲渚昏暗不明，远望众多蒲帆混杂不清，连成一片。 ⑤ 鲈鱼：一种味道鲜美的鱼。江南的鲈鱼从魏晋以来就为人珍视。斛（hú）：量器名。古以十斗为一斛，后以五斗为一斛。 ⑥ 酒中倒

卧：谓饮酒方半，酒酣倒地而卧。 ⑦ 吴歈（yú）越吟：或吴地的歌曲，或越地的吟唱。意思说随兴致所至而信口歌唱。歈，歌曲。 ⑧ 寒玉：喻指初升的月亮。

翻译

绿雾从江中清凉的波涛中升起，

天上红霞重叠，像高峻的山峰。

河边的云，水面的风，都像从老竹林里生出，

洲渚暮色苍茫，众多蒲帆连成一片，不甚分明。

鲈鱼千头醇酒百斛尽情享用，

酒醉卧地，斜视着南山的绿影。

信口唱支吴歌越曲，还未唱完——

江月如圆玉，已在东方冉冉上升。

荣华乐

这是一首长篇咏史诗，写的是东汉顺帝时外戚梁冀一门的势倾朝野和穷奢极欲。实际上诗人托古喻今，对当时恃宠擅权的宦官、贵戚进行了尖锐讥讽和批判。诗的末尾两句："当时飞去逐彩云，化作今日京华春。"是画龙点睛之笔，说明梁冀之流并未绝种，仍然活跃在唐代的政治舞台上，但这些人正像梁冀一样，也难以逃脱"飞去逐彩云"的可悲下场。

鸢肩公子二十余[1]，齿编贝，唇激朱[2]。气如虹霓[3]，饮如建瓴[4]，走马夜归叫严更[5]。

径穿复道游椒房[6]，龙裘金玦杂花光[7]。玉堂调笑金楼子[8]，台下戏学邯郸倡[9]。口吟舌话称女郎[10]，锦祛绣面汉帝旁[11]。得明珠十斛，白璧一双[12]，新诏垂金曳紫光煌煌[13]。

马如飞，人如水，九卿六官皆望履[14]。将回日月先反掌，欲作江河惟画地[15]。峨峨虎冠上切云[16]，竦剑晨趋凌紫氛[17]。绣段千寻贻皂隶[18]，黄金百镒贶家臣[19]。十二门前张大宅[20]，晴春烟起连

天碧。金铺缀日杂红光[21]，铜龙啮环似争力[22]。瑶姬凝醉卧芳席[23]，海素笼窗空下隔[24]。丹穴取凤充行庖[25]，貜貜如拳那足食[26]。金蟾呀呀兰烛香[27]，军装武妓声琅珰[28]。谁知花雨夜来过，但见池台春草长[29]。嘈嘈弦吹匝天开[30]，洪崖箫声绕天来[31]。天长一矢贯双虎[32]，云弝绝骋聒旱雷[33]。乱袖交竿管儿舞[34]，吴音绿鸟学言语[35]。能教刻石平紫金[36]，解送刻毛寄新兔[37]。三皇后，七贵人，五十校尉二将军[38]。当时飞去逐彩云[39]，化作今日京华春[40]。

---

① 鸢(yuān)肩：两肩像鸥鹰一样上耸。《后汉书·梁冀传》载，梁冀，字伯卓，安定(今甘肃境内)乌氏人。鸢肩豺目，继其父梁商为大将军，专断朝政二十多年，残暴淫逸，杀人无度，广建苑囿，强迫数千人为其奴婢，先后废立冲帝、质帝、桓帝，被称为“跋扈将军”。桓帝欲诛杀梁氏，梁冀被迫自杀。死后财产被没收，竟达三十亿钱之多。② 编贝：形容牙齿洁白整齐如排列的贝壳。激朱：形容嘴唇光润，闪射红光。 ③ 虹霓(ní)：彩虹。这里用以比喻梁冀的气势烜赫、骄横非常。 ④ 建瓴(líng)：把瓶口往下倾倒，形容梁冀的狂饮无度。⑤ 严更：古代禁止夜行的更鼓。这句是说梁冀深夜无视禁令，跑马喧嚣而归。 ⑥ 复道：宫中楼阁之间相通的空中过道。椒房：古代后妃居住的宫室，常用花椒和泥涂壁，故称。梁冀的姐姐为顺帝皇

后，梁冀仗其势力，随便出入深宫。 ⑦ 尨（máng）裘：杂色皮衣。金玦（jué）：镶金的环形而有缺口的佩玉。 ⑧ 玉堂：白玉为堂，指宫内华贵的大厅。金楼子：金楼女，指宫女。 ⑨ 邯郸倡：指有名的歌妓。语本汉乐府诗《相逢行》："黄金为君门，白玉为君堂。堂上置樽酒，作使邯郸倡。" ⑩ 口吟舌话：《后汉书·梁冀传》："冀口吟舌话。"王先谦引用周寿昌注："口吟舌话，非口吃之谓也。口吟，口中喁喁私呓，听之不绝声，审之不成句……舌话，言出口即敛，不明白宣示，所谓含糊也。皆奸人相也。" ⑪ 袪（qū）：本指袖口，这里代指衣服。绣面：指用脂粉涂面。汉帝：指汉顺帝。 ⑫ 璧：扁平圆形、中央有孔的美玉。 ⑬ 新诏：皇帝新颁的命令。垂金曳紫：挂着金印，拖着系印的紫色丝带。 ⑭ 九卿六官：泛指满朝的文武大臣。望履：不敢仰视，拜倒脚下。 ⑮ "将回"二句：是说梁冀反掌能旋转日月，划地能成江河，比喻他恃势擅权，独断专行。 ⑯ 峨峨：高耸的样子。虎冠：威武的帽子，又名"虎头冠"。也有人认为"虎冠"是"危冠"之误，危冠即高冠。切云：贴近云天，形容冠高。《楚辞·涉江》："冠切云之崔嵬。" ⑰ 竦（sǒng）剑：佩着耸立的长剑。趋：快步行走。紫氛：古代所谓笼罩着皇宫的紫色祥云，这里指皇帝。 ⑱ 绣段：锦缎。段，同"缎"。贻（yí）：赠送。皂隶：家奴。 ⑲ 镒（yì）：古重量单位，二十两或二十四两为一镒。贶（kuàng）：赠送。家臣：侍从。这两句是说梁冀权势大，拜访者必先贿赂其家臣，才能一见。《后汉书·梁冀传》："客到门不得通，皆请谢门者，门者累千金。" ⑳ 十二门：指东汉京城洛阳，洛阳有十二个城门。 ㉑ 金铺：门环下的圆铜片。缀日：日光照耀。 ㉒ 铜龙啮（niè）环：口衔门环的龙形铜饰。啮，咬。这两句写门饰的辉煌及造型的生动。

㉓ 瑶姬：美妾。芳席：华贵的席子。 ㉔ 海素：传说中南海鲛人所织之素，即鲛绡。笼窗：蒙糊窗户。 ㉕ 丹穴：传说中的山名。《山海经·南山经》说，丹穴山上出凤凰。充行庖（páo）：拿进厨房烹调成食品。庖，厨房。 ㉖ 玃（jué）玃：一种似猴的野兽，体小而肥美。㉗ 金蟾呀呀：指铜制的张口蟾形烛台，神态生动，好像在呀呀叫唤。蟾，癞蛤蟆。兰烛：名贵的香烛。 ㉘ 军装武妓：身着军装的歌妓舞女。琅珰：衣甲撞击发出的声响。 ㉙ 花雨：春雨。这两句是说梁冀日夜作乐，连天晴、下雨也不知道，见到池塘台阶旁的春草长高，才知道时节的变化。 ㉚ 嘈嘈：急促繁杂的管弦声。匝（zā）：周遍。㉛ 洪崖：传说中的仙人。 ㉜ 天长一矢：形容箭极长。贯：穿透。㉝ 云弝（bà）：华美的弓。弝，弓柄手握处。绝骋：指拉满弓而射。聒（guō）：声音喧闹。 ㉞ 乱袖交竿：舞女旋转舞蹈时，长袖飘拂，如竹竿枝叶相交。管儿舞：一种舞的名称。 ㉟ 吴音：吴地的歌声。绿鸟：指鹦鹉。这两句是说江南歌女歌声娇柔，像学语的鹦鹉。㊱ 刻石平紫金：是说凿成石穴，满藏金宝。紫金，紫磨金，一种精美的金子，一说即赤金。 ㊲“解送”句：梁冀曾在洛阳城西建造一座方圆数十里的兔苑，养蓄各地征集来的兔子，烙毛作记。不慎伤害者，甚至有杀头之祸。刻毛：烙毛作记。 ㊳“三皇”三句：是说梁氏一门极为显贵。《后汉书·梁冀传》载：“冀一门前后七封侯、三皇后、六贵人、二大将军。夫人、女食邑称君者七人，尚公主三人，其余卿、将、尹、校五十七人。”李贺取其大致数字。贵人：地位次于皇后的妃嫔。 ㊴ 逐彩云：形容像彩云一样散去，化为乌有。 ㊵ 今日京华春：指诗人所处时代豪门贵族的繁华景象。

翻译

鹰肩公子梁冀年龄正当二十几，

牙齿像编贝，嘴唇泛红色。

骄横之气似长虹，倾瓶倒酒饮不停，

喧嚣跑马回府第，不管深夜有禁令。

游戏深宫里，径直穿行楼道中。

着皮衣佩宝玉，色彩斑驳多华丽。

金楼玉堂中，调笑宫中女，

台下学演唱，仿效邯郸倡。

柔声细语，含糊言辞，像个谄媚女郎，

打扮得锦衣粉面，紧紧不离汉帝的身旁。

得到赏赐十斛明珠，白璧一双，

又有新诏封他挂金印，系紫绶，光彩煌煌。

梁府门前车水马龙，人如流水，

满朝官员拜倒在地，不敢仰望。

想回转日月，他只需翻翻手掌，

他随手一画，地上就能出现长河大江。

头上戴的帽子巍峨入云，

带长剑快步上早朝，气势凌君王。

欲见梁氏，须送家奴锦缎千丈，

谢侍从更需黄金几千两。

他在京都洛阳广建豪华的宅第，
晴朗的春日，绿树生烟，连天一片青苍。
日光映着大门上的铜铺首，闪着金光，
铺首上铜龙衔门环，像在把勇力较量。
美妾带醉，睡在那华贵的床席上，
轻柔的鲛绡糊窗棂，像晴空一样明亮。
吃的是丹穴山上捉来的凤凰，
那珍美的玃猴哪还值得品尝。
烛台似金蟾在呀呀叫，兰烛飘香，
身着军装的歌妓，甲胄相撞响叮当。
欢乐中谁知室外夜间春雨降，
只见池台旁春草已经生长。
急促繁杂的丝弦声漫天作响，
洞箫声声，似仙人吹奏般悠扬。
武舞中的长箭，像能射穿两只猛虎，
彩弓拉满发射，声如旱青天炸雷轰响。
长袖飘拂相交错，翩翩起舞，
江南女子歌声动人，像巧舌的鹦鹉学唱。
梁家能凿开洞穴，把赤金满满贮藏，
各地烙毛为识送珍兔以供观赏。
梁家出了三个皇后，七个贵人，

还有五十个校尉,两个大将军。

当年的豪华已经伴随着彩云消失,

可又演化出今天京城里达官贵族气焰灼人。

公无出门

诗人有感于当时险恶的社会现实，又受《楚辞·招魂》的影响，从古乐府《公无渡河》化出了“公无出门”这个新题，意思是说：“您千万不要走出家门啊！”当时朝中宦官专权，地方藩镇割据，全国笼罩在一片恐怖气氛之中，进步正直的人士随时都会遭到残害。诗人对此极为不满，因而发出了强烈的谴责。他在现实生活中找不到出路，只能说“帝遣乘轩灾自灭”，即承天照顾，一死了之。表现了对黑暗现实的极度憎恶，也流露了诗人的颓废情绪。这首诗运用了奇特的幻想，浪漫的手法，强烈的愤激之情溢于言表。

天迷迷，地密密[①]。熊虺食人魂，雪霜断人骨[②]。嗾犬狺狺相索索[③]，舐掌偏宜佩兰客[④]。帝遣乘轩灾自灭[⑤]，玉星点剑黄金轭[⑥]。我虽跨马不得还，历阳湖波大如山[⑦]。毒虬相视振金环[⑧]，狻猊猰貐吐馋涎[⑨]。鲍焦一世披草眠[⑩]，颜回廿九鬓毛斑[⑪]。颜回非血衰，鲍焦不违天。天畏遭衔啮，所以致之然[⑫]。分明犹惧公不信，公看呵壁

书问天[13]。

---

① 天迷迷：天色昏暗阴沉。与下文的“雪霜断人骨”相应。地密密：与下文“熊虺食人魂”相应，谓地面上密密麻麻地充满着吃人的毒蛇猛兽。 ② 熊虺(huǐ)：据《楚辞》的《天问》和《招魂》应作“雄虺”，是传说中食人魂魄的九头毒蛇。 ③ 嗾(sǒu)：用口作声指使狗。狺(yín)狺：狗叫声。索索：狗向前闻嗅觅食之貌。 ④ 舐(shì)掌：舔着爪子，寻找食物。佩兰客：指品德高尚的人。语出《楚辞·离骚》：“纫秋兰以为佩。” ⑤ 帝：天帝。乘轩：乘车。 ⑥ 玉星点剑：嵌镶银星的宝剑。轭(è)：车辕前边的横木，轭脚驾在牲畜颈部。这两句是说天帝让这人佩剑乘车升上天，即精魂升天，灾难才算消除了。 ⑦ 历阳湖：又名麻湖，在今安徽和县。这两句是说地方上形势险恶，我虽骑马，也回不了家。 ⑧ 毒虬(qiú)：传说中一种凶恶的龙，这里指巨大的毒蛇。振金环：蛇抖动身上金黄色环形花纹，将要吃人。 ⑨ 狻猊(suān ní)：狮子。猰貐(yà yǔ)：传说中的一种吃人的怪兽。馋：同“馋”。 ⑩ 鲍焦：周代的隐士，相传他非己种之物不食，非妻织之衣不穿，后饿死。被人称为“狷洁之士”。 ⑪ 颜回：字子渊，孔子的弟子，二十九岁时头发已花白，三十一岁死去。廿(niàn)：二十。 ⑫ “天畏”二句：这两句是说老天怕他们被怪兽吞食，所以才让他们早死的。衔啮(xián niè)：咬嚼。 ⑬ 呵壁书问天：屈原遭谗被逐，悲愤郁结，有一天见到楚国先王庙祠壁上画有奇异的天地、山川、神灵等，于是对壁呵责，写下了《天问》，以抒发自己遭谗被斥的满腔悲愤。这两句是说世道险恶，贤能正直的人没有出

路，是如此的清楚明白，怕您还不相信，就请您再看看向壁呵责而书写《天问》的屈原吧。

翻译

天空，昏昏沉沉，
地上，密密麻麻：
九头毒蛇吞食人的魂魄，
严霜飞雪把人冻杀。
坏人唆使恶犬狂吠乱叫，
伸舌舔掌，专向高洁之士扑抓。
天帝为使好人免受灾害，派人乘车下来，
车軏金灿灿，玉星宝剑闪光华。
我虽然骑着马，却难以回家，
因为历阳湖上恶浪如山大。
毒蛇抖动金环花纹盯着我，
狮子猰貐血口大张馋涎挂。
鲍焦一生贫困，以枯草作被，
颜回二十九岁已生白发。
颜回不是因为气血衰竭才过早离世，
鲍焦也不是违背天意受到饿毙的惩罚。
天帝怕他们惨遭野兽吞嚼，

才让他们灵魂升天，了却尘世苦难。

世道的险恶分分明明，怕您不相信，

请看向壁呵责书写《天问》的屈原。

神弦

古乐府中有《神弦歌》，是民间祭神用的乐曲，意主于“弦歌娱神”。李贺这首诗不是“娱神”，而是借“娱神”“迎神”来揭露女巫装神弄鬼的欺骗行为。他用诗的语言告诉人们，什么海神、山鬼、星神、山魅等，都是女巫编排出来骗人的；神鬼的喜怒，只不过是女巫脸上表现出来的喜怒罢了。诗人通过浇酒迎神、烧香击鼓、烧纸钱、弹琵琶、呼神招鬼、忽嗔忽喜等一系列行为、表情，绘形绘声地刻画了女巫可悲、可笑、可恶的形象。

女巫浇酒云满空①，　玉炉炭火香冬冬②。
海神山鬼来座中，　纸钱窸窣鸣飚风③。
相思木帖金舞鸾④，　攒蛾一啑重一弹⑤。
呼星召鬼歆杯盘⑥，　山魅食时人森寒⑦。
终南日色低平湾⑧，　神兮长在有无间⑨。
神嗔神喜师更颜⑩，　送神万骑还青山⑪。

---

① 浇酒：泼酒于地，用以迎神。云满空：是说女巫请神时烟雾腾腾，充满空中。　② 玉炉：用玉石雕刻的香炉。冬冬：古写作“鼕鼕”，鼓

声。 ③ 纸钱：烧化给鬼神当钱用的纸锭之类的迷信用品。窸窣（xī sū）：轻微细碎的声响，这里指烧纸钱的声音。飚，同“旋”。 ④ 相思木：即相思树，这里指用相思木做的琵琶。唐代女巫常弹琵琶迎神接鬼。帖：指描刻。金舞鸾：用金粉画的鸾凤图案。 ⑤ 攒（cuán）：皱。蛾：指蛾眉。啑（shà）：本指吃东西所发出的声音，这里指啸呼。这句是说女巫皱着眉头，嘴里每一呼啸，就重弹一次琵琶。 ⑥ 星：星宿之神。歆（xīn）：鬼神享用供品。 ⑦ 山魅（mèi）：山鬼。森寒：毛骨悚然。 ⑧ 终南：山名，在今陕西西安南。平湾：山峰低洼处。 ⑨ 有无间：似有似无。意思说有神无神谁也看不见，都由女巫乱说。 ⑩ 嗔（chēn）：发怒，生气。师：女巫。更颜，变换脸色。这句是说神的喜怒全从女巫脸色的变化上显示出来。 ⑪ 万骑（jì）：这里指送神时所烧的许多纸人纸马。

翻译

巫婆泼酒把神请，烟雾满空中，

玉炉烧着香火，鼓声响咚咚。

说是海神山鬼已经齐来到座中，

纸钱烧得窸窣响，纸灰卷起旋风。

她怀中相思木的琵琶上描有飞舞的金凤，

她双眉紧皱，打一声呼啸弹琵琶一声。

她招呼星神鬼怪把杯盘中的祭品享用，

她摆出的山鬼吞嚼的模样叫人胆战心惊。

终南山的太阳沉落在山湾里边，

神鬼永远在若有若无之间。

鬼神忽怒忽喜只能看巫婆表情的变换，

最后焚烧千万纸马送鬼神返还青山。

绿水词

这是一首民歌体的小诗。写诗人在一个风清月明的美好夜晚，怀念意中女郎。语句平淡，节奏明快，但情意纯真而深厚，意味无穷。

今宵好风月，　阿侯在何处[1]？
为有倾人色[2]，　翻成足愁苦[3]。
东湖采莲叶，　南湖拔蒲根[4]。
未持寄小姑，　且持感愁魂[5]。

①阿侯：据李贺《春怀引》“阿侯系锦觅周郎”，知为妓女名。这里借指诗人怀念的女郎。　②倾人色：形容女子极为漂亮，令人倾倒。语本李延年歌：“北方有佳人，绝世而独立。一顾倾人城，再顾倾人国。”　③“翻成”句：是说思念她反而令人愁苦万分。　④“东湖”二句：承上文“在何处”而言，猜测她或许在东湖采莲，或许在南湖拔蒲。　⑤“未持”二句：是说女郎采拔来莲蒲，先不要赠给姐妹们，快拿来宽慰我这愁思之魂。

翻译

今天夜晚,风多清凉,月多明亮,
我心爱的阿侯,不知在何方?
为了得到你这位令人倾倒的姑娘,
反而使我思恋得愁苦满心肠。
也许你在东湖水面采莲叶,
也许你在南湖岸边拔蒲根。
你所采拔来的先别送给要好的姐妹,
请拿来送我,安慰一下我这愁苦之魂。

上之回

《上之回》原是汉乐府古题。上，指汉武帝；之，到；回，指回中道（在今宁夏回族自治区固原一带）。汉武帝元封四年，复通回中道，武帝曾多次前往，取得了使月支称臣、匈奴降服的胜利。古辞的《上之回》是指汉武帝来到回中，这首诗题"上之回"，则是指皇帝胜利而返回京城。之，助词；回，回来。唐宪宗元和年间，对藩镇多次用兵，也取得了一些胜利。如元和元年平定反叛的刘辟，同年又讨平了抗拒朝命的杨惠琳，次年剿灭了镇海节度使李锜，出现了史家所说的"中兴"局面。李贺这首诗对乐府旧题赋予了新意，歌颂唐宪宗平定叛乱藩镇的胜利，也寄托了诗人渴望平叛削藩、国家统一、人民安定的政治理想。全诗格调明快，笔力雄健，洋溢着诗人的喜悦之情。

上之回，大旗喜[①]。

悬红云[②]**，挞凤尾**[③]。

剑匣破[④]**，舞蛟龙**[⑤]。

蚩尤死[⑥]**，鼓逢逢**[⑦]。

天高庆云齐堕地[8]，

地无惊烟海千里[9]。

---

① 大旗喜：用拟人化的手法，写皇帝的胜利使军旗也欢欣飘扬。② 红云：指红色的大旗连成一片，状如云霞。 ③ 挞(tà)凤尾：指风吹旌旗，翩翩拂击旗端羽毛。凤尾，旗上的羽饰。 ④ 剑匣破：据《拾遗记》载，传说上古帝王颛顼有把宝剑，常在匣中发出虎啸龙吟般的鸣声。如有敌兵来犯，剑会自动破匣腾空，飞去杀敌。 ⑤ 舞蛟龙：比喻宝剑飞舞的情景。 ⑥ 蚩(chī)尤：传说中古代南方少数民族首领，曾发动叛乱，后被黄帝擒杀。 ⑦ 逢逢(péng)：鼓声。⑧ 庆云：五色云彩，古人以为祥瑞之气。诸本原作“庆雷”，据吴汝纶校本改。堕地：意思是笼罩大地。 ⑨ 惊烟：报警的烽火。海：海内，指全国。这句谓中国大地战争平息，四海之内处处安宁。

翻译

皇帝胜利归来，

大旗欢舞招展；

红旗如云片连片，

旗端羽饰随风卷。

宝剑破匣腾空起，

恰如蛟龙舞蹁跹。

黄帝凯旋蚩尤死，

战鼓咚咚声震天。

高天祥云笼盖大地，

地上无烽烟，海内千里庆胜利。

高轩过[1]

据《唐摭言》卷十和《新唐书·李贺传》记载,李贺七岁时,写作诗歌的名声就轰动了京城。韩愈、皇甫湜二人非常惊奇,亲至其家访问,李贺奉命,当面作了这首诗。此说不可信。从此诗的小序看,诗应作于元和四年(809)诗人进京应试遭谗之后。

诗中首先写了韩愈、皇甫湜二公的宏伟气派,接着以无比钦佩的心情写了二公的崇高文名、宽广心胸和光明正大的人格,最后写二公来访,使自己绝处逢生,坚信日后能施展一番抱负。此诗一气呵成,结构谨严,跌宕多姿而又富有感情,与韩愈的诗风有些相似。

① 高轩:高敞、华贵的车子。过:过访。

韩员外愈、皇甫侍御湜见过,因而命作[1]。

华裾织翠青如葱[2], **金环压辔摇玲珑**[3]。
马蹄隐耳声隆隆[4], **入门下马气如虹**[5]。
云是东京才子[6], **文章巨公**[7]。
二十八宿罗心胸[8], **元精耿耿贯当中**[9]。
殿前作赋声摩空[10], **笔补造化天无功**[11]。

庞眉书客感秋蓬[12]，　谁知死草生华风[13]。

我今垂翅附冥鸿[14]，　他日不羞蛇作龙[15]。

---

① 韩员外愈:韩愈,字退之,河南河阳(在今河南孟州境内)人。曾任监察御史、都官员外郎、刑部侍郎、国子监祭酒等职。他是唐代古文运动的倡导者,对当时的文坛和后世散文运动的发展影响极大,皇甫侍御湜(shí):见前《仁和里杂叙皇甫湜》注。韩、皇甫二人对李贺都很赞赏和器重。 ② 华裾(jū):华贵的衣服。裾,衣襟。 ③ 辔(pèi):缰绳。玲珑:金玉制器的响声。 ④ 隐耳:一作"殷耳",即震耳。 ⑤ 气如虹:气派十分宏大。 ⑥ 东京才子:指皇甫湜。⑦ 文章巨公:指韩愈。 ⑧ 二十八宿(xiù):古人将黄道、赤道附近的一周天划分为二十八个星区,以说明日月五星运行所在的位置等,叫"二十八宿"。 ⑨ 元精:天地间的精气。耿耿:光明辉照的样子。这两句是说二公心胸广阔,知识渊博,罗网宇宙,光明正大。⑩ 殿前:在皇帝面前。声摩空:吟咏声高入云天。 ⑪ 造化:大自然的创造化育。 ⑫ 庞眉:又粗又浓的眉毛。书客:客居外乡的书生。"庞眉书生"是李贺自指。秋蓬:秋天的蓬草,比喻处境艰辛。 ⑬ 华风:指使万物欣欣向荣的春风。 ⑭ 垂翅:垂下翅膀,飞不起来。比喻处境不利。冥鸿:飞入云天的鸿雁。喻指韩愈、皇甫湜二公。 ⑮ 蛇作龙:由蛇变成龙,比喻地位由卑下升到极高。

翻译

两位大人华美的衣衫青翠如葱，
马车的金环垂在辔头上，玲玲作声。
马蹄声震耳，车声隆隆，
进门下马，气宇轩昂如长虹。
原来是，一个洛阳城的才子，
一个海内闻名的文章巨公。
他们胸中像罗列着长空的二十八宿，
天地间精气耿耿贯注其中。
他们殿前奉命写诗，吟咏声高入云空，
大笔可补造化不足，上天也显得没有功用。
我这客居外乡的粗眉书生，命运像秋蓬，
谁想到枯草却忽然遇到了春风。
我今天像垂翅鸟攀附上高飞的鸿雁，
有朝一日不羞惭小蛇会变成巨龙！

送韦仁实兄弟入关

这是一首赠别诗。据《旧唐书·王播传》载，韦仁实是一个敢于揭露权贵丑恶行为的正直之士。从诗中可看出，他与李贺的情谊非常深厚，文章也写得很好，是“解念”诗人辛愁的知己，所以这首诗写得很有感情。诗中“夜雨叫租吏，春声暗交关”二句，刻画出催租吏雨夜上门催逼租税，农家被迫连夜舂米的辛苦景象，勾勒出当时社会现实的一个侧影。从“我在山上舍，一亩蒿硗田”的诗句还可看出，李贺家境并不富裕。一个做过小官的诗人尚且如此，劳动人民的苦况，就更可想而知了。

送客饮别酒，千觞无赭颜[1]。何物最伤心？马首鸣金环[2]。野色浩无主[3]，秋明空旷间[4]。坐来壮胆破[5]，断目不能看[6]。行槐引西道[7]，青梢长攒攒[8]。韦郎好兄弟，叠玉生文翰[9]。我在山上舍，一亩蒿硗田[10]。夜雨叫租吏，春声暗交关[11]。谁解念劳劳[12]，苍突唯南山[13]。

---

① 觞(shāng)：酒杯。赭(zhě)颜：指因喝多了酒而脸上泛起的红晕。

赭，红色。 ② 金环：马络头上的铜环。这句是说随着马头上金环的响声，好友远别而去。 ③ 浩无主：意思说因友人远去，而感到原野也像失去了主宰般的惆怅。 ④ 秋明：秋色明净。 ⑤ 坐来：顿时。壮胆破：指豪情壮志因好友远别而丧失。 ⑥ 断目：极目远望。⑦ 行（háng）槐：大路两旁成行的槐树。 ⑧ 稍：树枝头。攒攒（cuán）：形容树头簇聚。 ⑨ 叠玉：美玉相叠，比喻文章之美。文翰（hàn）：文章。 ⑩ 蒿硗（hāo qiāo）：多草而贫瘠。 ⑪ 舂（chōng）声：捣米之声。交关：混杂。 ⑫ 劳劳：辛劳。 ⑬ 苍突：苍翠而突兀。南山：终南山。这两句意思说好友远离，还有谁了解我的苦辛呢？只有那苍翠突兀的终南山了吧。

翻译

送客远行，咱们共饮饯别酒，
满饮千杯不觉醉，因为情谊厚。
什么事情使人最感伤心？
马头上环铃作响将分手。
茫茫的原野好像失去了主宰，
只剩下空寂旷远的荒秋。
刹那间，我感到豪情顿减，
极目远望，也看不到远去的朋友。
只见夹路的槐树向西无限伸展，
青翠的树梢交错，枝叶密稠。

韦郎是我的好兄弟，

文章字字如珠玉。

我在荒山山上住，

仅有一亩瘠薄的田土。

夜雨凄凄，催租小吏叫不休，

混杂着捣米声叫人烦愁。

谁能对我的劳苦了解怜惜，

只有那苍翠突兀的终南山与我同苦忧。

五粒小松歌并序

有一种每穗有五根针叶的松树，叫“五鬣（liè）松”。因“鬣”和“粒”音相近，所以又称“五粒松”。这首诗以拟人化的手法，写一棵生气勃勃的小松树被移植到一个庸俗的权贵主人的庭园中，眼前尽是些奔走在主人门下趋炎附势的庸俗之徒，它怨恨不平，深深怀念曾经养育过自己的深山密林，深深怀念曾与自己朝夕为伴的山石溪云。诗的前四句主要写小松树的形态，后四句主要借小松树来抒发诗人痛恶庸俗习气的强烈感情。

前谢秀才、杜云卿命予作《五粒小松歌》①，予以选书多事②，不治曲辞③，经十日，聊道八句以当命意④。

蛇子蛇孙鳞蜿蜿⑤，新香几粒洪崖饭⑥。
绿波浸叶满浓光⑦，细束龙髯铰刀剪⑧。
主人壁上铺州图⑨，主人堂前多俗儒⑩。
月明白露秋泪滴⑪，石笋溪云肯寄书⑫？

① 谢秀才、杜云卿：是当时李贺的两位友人。予：我。 ② 选书多事：指忙于编选诗文。 ③ 治：从事。曲辞：诗歌。 ④ 聊：姑且。命意：指谢、杜命作歌之意。 ⑤ 蛇子蛇孙：古人常用蛟龙蟒蛇比喻松树，这里写的是小松，所以说"蛇子蛇孙"。鳞蜿蜿：形容小松树的皮像蛇鳞，枝干曲折延伸。 ⑥ 新香几粒：指松花的嫩蕊像几颗清香的米粒。洪崖饭：指仙人吃的松花和松实。相传仙人不食谷食，服食松脂、松子，便可长生不老。诗人借用这个说法点出小松的可贵。 ⑦"绿波"句：形容松叶像在水中浸过那样浓绿有光。⑧ 龙髯：龙须，比喻松树的针叶。铰刀：剪刀。这句写一束束龙须似的松叶像被剪刀剪过那样整齐。 ⑨ 州图：当时州邑的地图。州图一般为官府所使用，可见主人是个达官贵人。 ⑩ 俗儒：迂腐浅陋的士人。 ⑪"月明"句：是说在明亮的月夜里，小松枝叶上凝结着秋露，像忧愁的泪水在滴垂。 ⑫ 石笋：形似竹笋的岩石。溪云：山涧的云霭。书：书信。这句以小松树的口吻说，往日朝夕相伴的石笋溪云，现在还肯不肯寄信给我以表示慰藉呢？

翻译

小松像一条小蛇，满身蛇鳞，蜿蜒曲折，

新嫩的松花松果像清香的米粒，被仙人当食物采摘。

那松叶浓绿有光，像在水中浸过，

一束束龙须般的针叶，整齐得像用剪刀剪成。

小松树的主人壁上高挂着州邑地图，
主人堂前进进出出的多是俗儒。
月明露白的秋夜，小松似在流着泪滴：
“山石和溪云，你们是否还肯写信来对我眷顾！”

吕将军歌

唐宪宗元和四年(809),成德军节度使王士真死,其子王承宗逼胁朝廷委他继任,目的未达,起兵反叛。昏庸的唐宪宗派宦官吐突承璀做统帅,领兵征讨,结果大败。李贺以此为背景写了这首诗。诗中写一心为国、勇武善战的吕将军被闲置不用,因而愤慨不平;卑弱无能的宦官却被任为统帅,在敌人面前龟缩不前,丑态百出。这种明显的对比,把中唐时期任用宦官、排斥贤能的腐朽政治揭露得形象而深刻。“圆苍低迷盖张地,九州人事皆如此”两句,是对当时整个黑暗政治的艺术概括,深化了诗歌的主题思想。

吕将军[1],骑赤兔[2]。独携大胆出秦门[3],金粟堆边哭陵树[4]。北方逆气污青天[5],剑龙夜叫将军闲[6]。将军振袖拂剑锷[7],玉阙朱城有门阁[8]。榼榼银龟摇白马[9],傅粉女郎火旗下[10]。恒山铁骑请金枪[11],遥闻箙中花箭香[12]。西郊寒蓬叶如刺[13],皇天新栽养神骥[14]。厩中高桁排蹇蹄[15],饱食青刍饮白水[16]。圆苍低迷盖张地[17],九州人事皆

如此⑱。赤山秀铤御时英⑲，绿眼将军会天意⑳。

---

① 吕将军：生平未详。一说指曾反对宪宗任用宦官作领兵的吕元膺。 ② 赤兔：骏马名，三国时吕布所骑。因将军姓吕，所以借骑赤兔马的骁将吕布来相比，含有称赞吕将军有如吕布勇猛善战之意。 ③ 大胆：相传姜维死后被剖，胆大如斗。这里比喻英勇无畏。秦门：长安城门。 ④ 金粟堆：金粟山，在今陕西蒲城东北，是唐玄宗李隆基陵墓所在地。哭陵树：即哭陵，指到唐玄宗墓前哭诉。 ⑤ 北方逆气：北方藩镇的叛逆气焰。 ⑥ 剑龙：传说神龙化为宝剑，时作龙鸣，因称神奇的宝剑为"剑龙"。 ⑦ 振袖：捋袖，振奋之貌。拂：拂拭。剑锷（è）：剑的锋刃。 ⑧ 玉阙朱城：指皇城、皇宫。有门阁：指门阁重重，隔绝难通。 ⑨ 榼（kē）榼：相撞击之声。银龟：上有龟钮的银印，俸禄达二千石的官员所佩。 ⑩ 傅粉女郎：指任统兵或监军的宦官，言其卑怯无能，像个擦脂粉的女郎。火旗：火红的军旗。 ⑪ 恒山铁骑：指王承宗的叛乱军队。恒山，郡名，治所在今河北正定。请金枪：挑战。 ⑫ 箙（fú）：箭囊。花箭：装饰得很漂亮的箭。 ⑬ 寒蓬：一种带刺的野生植物。 ⑭ 皇天：这里代指皇帝。神骥（jì）：良马。 ⑮ 厩（jiù）：马棚。桁（héng）：屋梁上的横木，这里指拴牲口的横木。蹇（jiǎn）蹄：指不善驰骋的劣马。蹇，跛足。 ⑯ 青刍（chú）：新鲜草料。白水：洁净的水。这两句是说劣马反被供养在好马棚里，吃得好，喝得好。 ⑰ 圆苍：苍天。低迷：低沉，迷茫。盖张地：我国古代天文学说中的盖天说，认为天圆得像张开的伞，覆盖着大地。 ⑱ 九州：指中国。人事：指人世上的各种事

情。 ⑲ 赤山：即赤堇山，在今浙江绍兴东南。相传古代有个叫欧冶子的良工，在这里采矿铸剑。铤（dìng）：未铸成器的铜铁。秀铤：代指利剑。御时英：指保卫国家的精良武器。实喻捍卫国家的英俊之才。 ⑳ 绿眼将军：似指吕将军。会天意：领会、理解大意的安排。

翻译

骁勇善战的吕将军，
骑着名马赤兔，
独怀勇武走出长安城门，
在金粟山下向玄宗陵墓哭诉。
北方叛军的气焰污染了蓝天，
宝剑深夜鸣叫，将军却被闲置一边。
他抖动衣袖，擦拭剑刃，
但宫门重重深隔，壮志难以上陈。
宦官统帅骑白马，腰间银印榼榼响，
立在火红的战旗下，活像个傅粉女郎。
恒山乱军的铁骑来挑战，
远远闻到他箭囊中的花箭飘香。
西郊寒风中蓬叶如刺，
皇帝新近栽种，以养神骥。
马棚中高高的横木下却满排劣马，

饱食新鲜草料，畅饮洁净的清水。

浑圆的苍穹低沉、迷茫，像伞盖笼罩大地，

九州世事的荒唐莫不如此。

赤山好矿铸出的利器只能被闲置，

绿眼将军也知道只能听从天意。

休洗红

古诗道："休洗红，洗多红色淡。不惜故缝衣，记得初按茜。人寿百年能几何？后来新妇今为婆。"李贺这首诗的题目即由此而来，而且从音调、字句上都仿拟古诗，但含义却不尽相同。古诗主要表明岁月易逝，红颜易老。李诗则是承用此义，作为起句，转而以少妇送别的口吻，嘱咐恋人功成名就后早日归来，不要一去不返，久负芳容。诗中使用了比兴手法，词意真挚，极富意趣。

休洗红，洗多红色浅[1]**。**
卿卿骋少年[2]**，昨日殷桥见**[3]**。**
封侯早归来，莫作弦上箭[4]**。**

---

①“休洗”二句：用比兴的手法，说明岁月消磨，红颜易老，要珍惜青春时光。　②卿卿：男女间的爱称。这里用来称呼所爱恋的男子。骋：矜夸。用法同“逞”，即逞强、逞能的意思。　③殷桥：地名，未详何处。　④弦上箭：比喻一去不复返。

翻译

不要再洗涤那红色的纱绢，

洗得太多，艳丽的色彩就会浅淡。

亲爱的人啊，你自夸青春年少，

昨天我们还在殷桥会见，犹在目前。

但愿你功名成就早回还，

不要一去不返，像支离弦的箭！

野歌

这首诗写一个有文武才能而豪情满怀的寒士被埋没在山野之中，但他“屈穷心不穷”，对“枯荣不等”的社会现实极为愤慨。结尾二句“寒风又变为春柳，条条看即烟蒙蒙”，意味深长，寄寓着诗人对未来的热情向往，相信有才能的人定会得到施展抱负的机会，腐朽的现实终将被清明的理想政治所替代。

鸦翎羽箭山桑弓①，　仰天射落衔芦鸿②。
麻衣黑肥冲北风③，　带酒日晚歌田中。
男儿屈穷心不穷④，　枯荣不等嗔天公⑤。
寒风又变为春柳，　条条看即烟蒙蒙⑥。

---

① 鸦翎(líng)羽箭：用乌鸦羽毛作箭羽的箭。山桑：似桑树，木质坚韧，可制弓。这句写弓箭的粗朴。 ② 衔芦鸿：口衔芦苇的大雁。传说大雁为避猎人射落，常衔芦苇而飞。这句写射技的高明。③“麻衣”句：是说穿着肮脏肥大的麻布衣的寒士顶着北风疾走。一说“黑肥”应作“黑帊”，指平民所戴的黑色头巾。 ④ 屈穷：指有才志而不能施展。 ⑤ 枯荣：指人生的得意和失意，贫穷和富贵。

嗔(chēn):生气,发怒。 ⑥ 看即:转眼间,随即。这两句是说冬尽春来,条条枯柳顿抽新绿,远望如一片蒙蒙轻烟。

翻译

搭上鸦羽箭,张开山桑弓,
仰天射落高空衔芦苇的鸿雁。
身穿肮脏肥大的粗麻布衣顶北风疾走,
乘着酒兴在田中高歌,直到天晚。
大丈夫在困境中心志不穷,
愤怒问天公:人间为何有枯有荣不公平?
寒风过后又要看到春柳,
转眼间柳丝条条,轻烟蒙蒙。

美人梳头歌

这首诗描绘美人晓起梳妆的情景，是李贺艳体诗的代表作。用字浓缛、细腻。如用“半沉檀”的“半”字来形容美人熟睡时浓发的覆枕，用“立象床”的“立”字来表示她的发长而美，用“无声腻”来形容头发的洁美柔细，用“簪不得”来形容发髻的光泽滑润，都精妙入微。“春风烂漫恼娇慵”，“下阶自折樱桃花”，则把梳妆人的心绪勾勒得非常灵妙而生动。诗中所写美人的情态美丽而不浮艳，有韵致而不妖媚，细腻而不雕琢，虽是用的铺陈手法，而兴寄实深。方扶南批注此诗说：“从来艳体，亦当以此居第一流。”

西施晓梦绡帐寒①，　香鬟堕髻半沉檀②。
辘轳咿哑转鸣玉③，　惊起芙蓉睡新足④。
双鸾开镜秋水光⑤，　解鬟临镜立象床⑥。
一编香丝云撒地⑦，　玉钗落处无声腻⑧。
纤手却盘老鸦色⑨，　翠滑宝钗簪不得⑩。
春风烂漫恼娇慵⑪，　十八鬟多无气力⑫。
妆成鬌鬌欹不斜⑬，　云裾数步踏雁沙⑭。

背人不语向何处？　下阶自折樱桃花[15]。

---

① 西施：春秋时越国著名美女，这里代指所写美女。 ② 香鬟(huán)：古代妇女的环形发髻。堕髻：发髻松散垂落。一说指“倭堕髻”，即倾侧的发髻。沉檀：指沉香或檀香木枕。 ③ 咿哑：辘轳转动的声音。 ④ 芙蓉：借指美人。 ⑤ 双鸾：指绣有双鸾的镜套。秋水光：形容镜子如秋水般明亮。 ⑥ 象床：以象牙为饰的床。 ⑦ 香丝、云：都指美女的头发。 ⑧ 玉钗：据王琦注，当作“玉篦”。这句是说发丝细润光泽，梳理时滑利无声。 ⑨ 老鸦色：形容头发乌黑。 ⑩ 宝钗：嵌有珠宝的两股簪子。簪：插定发髻。 ⑪ 烂漫：焕发的意思。漫，一作熳。娇慵(yōng)：娇柔倦懒的姿态。 ⑫ 十八：指十八岁。鬟多无气力：发长髻高好像力不能胜。⑬ 鬖鬌(wǒ tuǒ)：形容发髻美好。欹(yī)：叹美词。 ⑭ 云裾：指华美的衣服。踏雁沙：如雁踏沙，形容步履柔缓。 ⑮ 樱桃：树名，春天开白色或淡红色的花。这两句是说美女背着人走下台阶，脉脉不语地自折樱桃花插戴在梳理好的头上。

翻译

西施般的美女拂晓还做着梦在清冷的纱帐中，

芳香的环形发髻半覆着沉檀枕，蓬蓬松松。

室外响起了咿咿哑哑像玉鸣一样的辘轳声，

把芙蓉般的美人从酣睡中惊醒。

打开双鸾镜套，镜子像秋水般光洁，
站在象牙床上，解开发鬟面对明镜。
一头长长的香丝乌云般一直撒落在地上。
玉篦梳理着那细润柔美的头发滑利无声。
细嫩的双手推弄着乌黑的发盘，
青翠滑润，连宝钗都不能插定。
烂漫的春风吹得她娇柔倦懒，
十八岁的美人发髻高高，好像力不能胜。
梳理成的发髻美好而又齐正，
穿着华美的服装把脚步轻缓地移动。
背着人脉脉不语，她将去向何处？
走下台阶折枝樱桃花戴在头顶。

官街鼓

官街鼓，是设在京城大街上用以报时的大鼓。李贺在长安时听到鼓声忽有所感，于是写成这首诗以讽刺唐宪宗访方士、求长生。诗人用“时间无限，人生有尽”来说明信神仙、求长生的荒谬。把本来看不见、摸不着的时间，用官街的鼓声艺术地、具体地表现了出来。借事发端，托物取喻，写得很有特色，很有感染力。

晓声隆隆催转日，　　暮声隆隆催月出①。
汉城黄柳映新帘②，　　柏陵飞燕埋香骨③。
磓碎千年日长白④，　　孝武秦皇听不得⑤。
从君翠发芦花色⑥，　　独共南山守中国⑦。
几回天上葬神仙⑧，　　漏声相将无断绝⑨。

---

①“晓声”二句：写岁月在鼓声中流逝。反复写声“隆隆”，显示鼓声总是这样持续，时光悠悠而逝。　② 汉城：西汉建都长安，故称长安为“汉城”。黄柳：刚发嫩芽的春柳。这句暗示改朝换代。新帝登基，什物更换。　③ 柏陵：指帝王陵墓。帝王陵地常植松柏，故称。飞燕：汉成帝皇后赵飞燕。香骨：指赵氏的尸骨。　④ 磓（duī）：敲

击，这里是消磨之意。日长白：指无尽的白昼。⑤ 孝武：汉武帝刘彻。秦皇：秦始皇嬴政。二人都是著名的信神仙求长生的帝王。⑥ 翠发：黑发，指年轻。芦花色：像芦花般的白发，指年老。⑦ 中国：指京都长安。这两句是说任人们由少到老，黑发变成白发，只有那官街的鼓声，伴同着终南山长守着京城。⑧“几回”句：是说天上也几次三番地埋葬过神仙。意谓长生不老的虚妄。⑨ 漏：漏壶，古代的计时器。相将：相与，相伴。

翻译

拂晓，隆隆的鼓声催促着太阳的运行，
傍晚，隆隆的鼓声催促月亮的上升。
京城里，嫩黄的春柳映照着刚更换的新帘，
赵飞燕的香骨久已埋葬在皇陵。
鼓声锤碎了千百年的漫长时光，
秦皇汉武也不能再听到这官街的鼓响。
任由您翠黑的头发变作芦花般模样，
只有鼓声与终南山一起厮守京城，日久天长。
就是天上也几次三番埋葬过神仙，
只有这鼓声与漏声此起彼落，永远回荡。

感讽六首（选一）

中唐时期，政治腐败的一个重要标志就是宦官把持朝政，掌握军权。这首诗就是讽刺当时用太监统领军队的。诗人对此事极端愤慨和憎恶，描绘了这些太监统帅的无能和无耻，用笔辛辣犀利。

其三

杂杂胡马尘[①]，　森森边士戟[②]。
天教胡马战[③]，　晓云皆血色[④]。
妇人携汉卒[⑤]，　箭箙囊巾帼[⑥]。
不惭金印重，　踉跄腰鞬力[⑦]。
恂恂乡门老[⑧]，　昨夜试锋镝[⑨]。
走马遣书勋[⑩]，　谁能分粉墨[⑪]。

① 杂杂：形容尘土飞扬。 ② 森森：这里指枪戟林立。 ③“天教”句：谓胡人好战，似出天性。 ④“晓云”句：是说杀气升腾，如早晨的云霞般血红。 ⑤ 妇人：贬称统兵的太监。汉卒：借指唐朝的士兵。 ⑥ 箭箙（fú）：用竹木或兽皮等做成的盛箭的器具。巾帼：妇女的头巾和发饰。 ⑦ 踉跄（liàng qiàng）：走路摇晃而缓慢。

韃(jiān):盛弓的器具。 ⑧ 恂(xún)恂:忠厚朴实之貌。乡门老:普通老百姓。 ⑨ 锋镝(dí):刀锋与箭头,这里泛指兵器。 ⑩ 遣书勋:指报送军功。 ⑪ 粉墨:犹言白黑,比喻是非或真假。

翻译

胡马奔腾,扬起滚滚烟尘,
将士守边,刀枪密如森林。
胡人好战,像是出自天性,
杀气升腾,似清早云霞一般血红。
妇女般卑弱的太监率领兵士,
箭囊里装着妇人用的头巾首饰。
腰带金印,身负重任,却不知惭愧羞耻,
走路摇晃,连佩挂弓韃也无气力。
忠厚朴实的乡里百姓,
昨夜手持武器试向敌人冲锋。
太监统帅派人飞马去报功,
这功过是非有谁能分得清!

昆仑使者[1]

这首诗也是借写汉武帝求仙徒劳，来嘲讽唐宪宗服药石以求长生，荒诞误国。前四句说汉武帝盼望的昆仑使者毫无消息，而他自己却早已死了；金盘中虽有玉露淋漓，却收不到茫茫元气。后四句说武帝墓前的石麒麟和石虬龙肢体都已裂残，最使人感到可悲的就是明月之下，万事全无着落，只留下孤寂的陵墓而已。以此表明汉武帝征服万国的雄心及希求长生的妄想都成了泡影，来者当引以为鉴戒。

① 昆仑使者：指为西王母当信使的青鸟。《山海经·海内北经》载，西王母居昆仑山，有三只青鸟为她取食传信。又据《汉武故事》，西王母遣使见汉武帝，约期相会，武帝曾向西王母求不死之药。

昆仑使者无消息[1]，　茂陵烟树生愁色[2]。
金盘玉露自淋漓[3]，　元气茫茫收不得[4]。
麒麟背上石文裂[5]，　虬龙鳞下红肢折[6]。
何处偏伤万国心？　中天夜久高明月。

①“昆仑”句：是说西王母给汉武帝派青鸟使者前来，却还没有消息。 ② 茂陵：汉武帝刘彻的陵墓，在今陕西兴平。 ③ 金盘玉露：见前《金铜仙人辞汉歌》注。淋漓：指露珠沾湿或流滴的样子。 ④ 元气：指天地间之精气。方士认为服吸它可长生不老。 ⑤ 麒麟：古代传说中的一种珍异祥瑞之兽。这里指陵墓前的石麒麟。 ⑥ 虬龙：这里指寝殿丹漆柱上雕刻的龙。虬：传说中的无角龙。

翻译

西王母的神鸟，还没带回长生的信息，

汉武帝陵墓上的树木，已如烟云般稠密。

金盘内虽然有露珠儿空自流滴，

使人长生的元气依然茫无影踪，无处收取。

武帝墓前的石麒麟，背上已有断纹裂迹，

供殿柱上的雕龙鳞下也现出伤肢。

当初希冀万国朝贺，为何未能如意？

空留下长夜漫漫，明月高照陵地！

听颖师弹琴歌[1]

这也是一首描写音乐的名篇。前八句主要写琴声的美妙动听，弹奏技艺的超神入化；后八句侧重描述弹奏者的形象，并抒发自己听琴的感受。这首诗章法跌宕，布局不凡，设想巧妙，比拟奇丽贴切，把不可捕捉的听觉形象诉之于视觉形象，具体鲜明，生动传神，感染力颇强。从所写京师风土人物看，本篇当是诗人在长安任奉礼郎时所作。

① 颖师：当时的一位善于弹琴的僧人。

别浦云归桂花渚[1]，　蜀国弦中双凤语[2]。
芙蓉叶落秋鸾离[3]，　越王夜起游天姥[4]。
暗佩清臣敲水玉[5]，　渡海蛾眉牵白鹿[6]。
谁看挟剑赴长桥[7]，　谁看浸发题春竹[8]。
竺僧前立当吾门[9]，　梵宫真相眉棱尊[10]。
古琴大轸长八尺[11]，　峄阳老树非桐孙[12]。
凉馆闻弦惊病客[13]，　药囊暂别龙须席[14]。
请歌直请卿相歌[15]，　奉礼官卑复何益[16]！

① 别浦:指天河。桂花渚:指月亮。因传说月中有桂树,故称。 ② 蜀国弦:指琴。琴身以蜀桐为佳,故言。双凤语:形容琴声缓和柔美,似雌雄双凤之和鸣。 ③ 芙蓉:指木芙蓉。 ④ 天姥:山名,在今浙江新昌东。因其在越地,故说“越王夜游”。 ⑤ 暗佩:古人佩玉于衣衫内,不外露,故称“暗佩”。清臣:指志行廉洁的臣子。水玉:指水晶。 ⑥“渡海”句:据《酉阳杂俎·境异》载,有海神女“每日暮,以白鹿迎射摩入海”,此句据此传说写琴声缥缈欲仙。蛾眉:指美女。 ⑦ 挟剑赴长桥:指晋周处入水斩蛟事,见前《春坊正字剑子歌》注。 ⑧ 浸发题春竹:唐代大书法家张旭一日醉后以头发濡墨作大字,甚神奇。 ⑨ 竺僧:指颖师。佛教出于天竺(今印度),故称僧人曰“竺僧”。 ⑩ 梵宫:本指梵天的宫殿,这里泛指佛寺。真相:佛家语,犹言实相,本相。眉棱:谓眼眉有棱角。 ⑪ 轸(zhěn):琴上用以转动弦线的柱轴。长八尺:一般琴长三尺六寸六分,大琴长八尺一寸。 ⑫ 峄(yì)阳:峄山(在今山东邹城东南)南坡,那里生的桐树宜作乐器。桐孙:喻桐树新长出的小枝。 ⑬ 病客:李贺在长安做官时常生病,故自称“病客”。 ⑭ 药囊:盛药之袋。龙须:草名,茎可编席。 ⑮ 请歌:请求别人作歌以赞美延誉。卿相:执政的大臣。 ⑯ 奉礼:奉礼郎,官名。见前《赠陈商》注。

翻译

在一个银河云散,月光清明的夜晚,

弹起名贵的琴，如双凤和鸣般柔缓。
时而声音凄楚，像落叶芙蓉惊飞鸾，
时而曲调超逸，似越王夜游天姥山。
清泠如廉洁臣子衣衫内响动着水玉佩环，
缥缈似妙龄女郎牵白鹿在海上翩翩欲仙。
激昂处像周处赴长桥刺蛟手持长剑，
酣畅处似张旭醉酒浸发书写大字一般。
弹奏者颖师造访，来到了我的房门，
他眼眉有棱角，如寺院菩萨可敬可亲。
他抱着一个古琴，柱轴长八尺，
用峄山老桐做成，而非桐子桐孙。
听到演奏，凄凉的客馆里把我惊醒，
精神一振从龙须席上坐起，药囊也暂停不用。
请人作诗赞赏，您应该请王公大臣，
我这卑贱的奉礼郎，实在无益于您。

中华文史名著精选精译精注（全民阅读版）已出书目

书　名	导读人	审阅人
贾谊集	徐超、王洲明	安平秋
司马相如集	费振刚、仇仲谦	安平秋
张衡集	张在义、张玉春、韩格平	刘仁清
三曹集	殷义祥	刘仁清
诸葛亮集	袁钟仁	董治安
阮籍集	倪其心	刘仁清
嵇康集	武秀成	倪其心
陶渊明集	谢先俊、王勋敏	平慧善
谢灵运鲍照集	刘心明	周勋初
庾信集	许逸民	安平秋
陈子昂集	王岚	周勋初、倪其心
孟浩然集	邓安生、孙佩君	马樟根
王维集	邓安生等	倪其心
高适岑参集	谢楚发	黄永年
李白集	詹锳等	章培恒
杜甫集	倪其心、吴鸥	黄永年
元稹白居易集	吴大逵、马秀娟	宗福邦
刘禹锡集	梁守中	倪其心
韩愈集	黄永年	李国祥
柳宗元集	王松龄、杨立扬	周勋初
李贺集	冯浩菲、徐传武	刘仁清
杜牧集	吴鸥	黄永年

续表

书　名	导读人	审阅人
李商隐集	陈永正	倪其心
欧阳修集	林冠群、周济大	曾枣庄
曾巩集	祝尚书	曾枣庄
王安石集	马秀娟	刘烈茂、宗福邦
二程集	郭齐	曾枣庄
苏轼集	曾枣庄、曾弢	章培恒
黄庭坚集	朱安群等	倪其心
李清照集	平慧善	马樟根
陆游集	张永鑫、刘桂秋	黄葵
范成大杨万里集	朱德才、杨燕	董治安
朱熹集	黄珅	曾枣庄
辛弃疾集	杨忠	刘烈茂
文天祥集	邓碧清	曾枣庄
元好问集	郑力民	宗福邦
关汉卿集	黄仕忠	刘烈茂
萨都剌集	龙德寿	曾枣庄
王阳明集	吴格	章培恒
徐渭集	傅杰	许嘉璐、刘仁清
李贽集	陈蔚松、顾志华	李国祥、曾枣庄
公安三袁集	任巧珍	董治安
吴伟业集	黄永年、马雪芹	安平秋
黄宗羲集	平慧善、卢敦基	马樟根
顾炎武集	李永祜、郭成韬	刘烈茂
王士禛集	王小舒、陈广澧	黄永年
方苞姚鼐集	杨荣祥	安平秋
袁枚集	李灵年、李泽平	倪其心
龚自珍集	朱邦蔚、关道雄	周勋初